Anne Joy

*8 Geschichten von Dominanz
und Unterwerfung*

ANNE
JOY

8 GESCHICHTEN
VON DOMINANZ
UND UNTERWERFUNG

8 Geschichten von Dominanz und Unterwerfung
© 2014 Anne Joy

ISBN 9 783735 741295
Alle Rechte vorbehalten

1. Auflage 2014
Grafik und Satz: grafik gården finnerödja
Umschlagfoto: © tan4ikk, Fotolia.com
Abbildung im Innenteil: © blacky_82, Fotolia.com

Herstellung und Verlag: BoD - Books on Demand, Norderstedt

INHALT

I. Ein aufregendes Gewitter 7

II. Das erste Mal gefesselt 17

III. Züchtigung im Restaurant 25

IV. Entführt 31

V. Im Freien dominiert. 43

VI. Eine heiße Einkaufstour 51

VII. Rollenwechsel 58

VIII. Die Küchensklavin 63

I. Ein aufregendes Gewitter

Besorgt sah ich aus dem Fenster. Der Himmel hatte sich verfinstert. Schwarz hoben sich die Silhouetten der sturmgepeitschten Bäume vor dem dunklen Himmel ab, der immer wieder von gleißend hellen Blitzen gespenstisch erleuchtet wurde. Laut heulte der Wind um das Haus und pfiff in den Schornstein, und mehr als einmal hatten die Lampen geflackert. Ich fuhr zusammen, als ein ohrenbetäubender Donner ertönte und sich die Schleusen des Himmels öffneten, um dermaßen viel Regen auf die Erde loszulassen, daß die Tropfen ohrenbetäubend laut auf das Dach prasselten und das Heulen des Windes beinahe übertönten. Irgendwo schepperte es und das Haus erbebte unter einem erneuten Donnerschlag, während gleichzeitig ein weiterer Blitz den Himmel erhellte. Nun prasselte der Regen so heftig gegen die Fensterscheiben, daß ich Angst bekam, sie würden das Glas zerschlagen. Ich trat ans Fenster und sah wie gebannt nach draußen. Einen derartigen Sturm hatte ich in meinem gesamten Leben noch nicht erlebt! Dann erloschen plötzlich die Lampen, und es wurde dunkel im Haus. Der Strom war ausgefallen, und ich konnte mir nicht vorstellen, daß er in der nächsten Zeit zurückkehren würde. Weit und breit war kein Licht zu sehen, nur die Blitze, die nun in kurzen Abständen und fast gleichzeitig mit dem kräftigen Donner ertönten, erhellten die Umgebung. Es herrschte Weltuntergangsstimmung, und ich konnte nur hoffen, daß das Dach dem tosenden Wind standhalten würde.

Ich kramte im Schrank und holte einige Kerzen hervor, die ich entzündete und im Zimmer verteilte. In ihrem Schein suchte ich mir einige kleine Holzscheite aus der Brennholzkiste und entfachte ein Feuer im Kamin. Ein wenig flackernde Wärme würde mir guttun in diesem Chaos der Naturgewalten.

Beinahe hätte ich das Klopfen an der Tür überhört. Wer rechnete auch damit, daß er bei einem derartigen Wetter Besuch bekommt? Eiligen Schrittes ging ich zum Eingang, als das Klopfen erneut ertönte. Ich öffnete die Tür. Ein eiskalter Windzug fuhr in den Flur und ließ mich erzittern. Ich erblickte eine dunkle Gestalt, die regentriefend auf meiner Schwelle stand. Ein Mann, wie es schien. Eine dunkle Stimme sagte erleichtert: „Danke, daß Sie mir die Tür geöffnet haben. Das Unwetter hat mich überrascht, darf ich mich bei Ihnen unterstellen, bis das schlimmste vorüber ist?"

Ich nickte und trat einen Schritt zurück. „Kommen Sie herein. Bei diesem Wetter sollte niemand draußen sein. Ich hole Ihnen ein Handtuch." Damit trat ich beiseite und ließ meinen unbekannten Besucher ein, der sich sofort seiner nassen Jacke und der durchweichten Schuhe entledigte. „Kommen Sie ins Wohnzimmer und wärmen Sie sich vor dem Feuer auf!". Ich ging ins Bad und griff nach einem Handtuch, damit sich der Mann erst einmal abtrocknen konnte. „Hier" sagte ich und reichte es ihm, während ich das Wohnzimmer betrat.

Im Schein des Feuers und der Kerzen konnte ich erkennen, daß der Mann groß und kräftig war. Er hatte dunkles Haar, das ihm bis auf die Schultern fiel und ein markantes Gesicht. Erleichtert nahm der Fremde das Handtuch und rubbelte sich damit die nassen Haare trocken. „Es tut mir leid, daß ich Sie so überfalle", sagte er.

Ich lächelte. „Ist schon in Ordnung. Ich würde auch wollen, daß mir jemand die Tür öffnet, wenn ich in ein solches Gewitter gerate."

Die Nässe aus seiner Kleidung tropfte auf den Boden. Der Mann mußte unbedingt aus diesen triefenden Klamotten heraus. „Ich bringe Ihnen trockene Kleidung. Und dann mache ich Ihnen einen Tee", sagte ich zu ihm und überlegte, ob ihm eine der Hosen und ein Pullover aus der Kiste auf dem Dachboden passen könnten. Ich griff nach der Taschenlampe, die ich immer im Flur auf dem kleinen Schränkchen liegen hatte, und stieg die schmale Treppe auf den Dachboden hinauf. Während ich in der Kiste nach einer geeigneten Hose suchte, dachte ich über den Fremden nach. Wer war er? Ein Spaziergänger, der die Dämmerung liebte? Aber hatte er nicht die dunklen Wolken gesehen, die sich seit dem späten Nachmittag am Horizont getürmt hatten? Jedem hätte klar sein müssen, daß sich ein Unwetter nahte. Hatte er sich in der Zeit vertan und war deshalb in den Regen geraten?

Ich entschied mich für eine Flanellhose und einen großen hellen Pullover. Die beiden Sachen sahen aus, als ob sie meinem Gast passen könnten. Ich schloß die Truhe und ging wieder hinunter. Als ich das Wohnzimmer betrat, zuckte ich erst einmal instinktiv zurück: Der Mann hatte sich bereits seiner nassen Kleidung entledigt und trug nur noch das Handtuch, das ich ihm gegeben hatte, und das er sich lässig um die Hüften geschlungen hatte. Nachdem der erste Schreck abgeklungen war (natürlich hatte er sich seine nasse Kleidung ausgezogen, hatte ich ihm nicht gesagt, daß ich ihm trockene bringen würde?), musterte ich ihn eingehend. Er hatte einen tollen Körper, das mußte ich ihm ja zugestehen. Muskulös, aber nicht zu sehr wie ein Bodybuilder. Eher geschmeidig, wie von ausdauernder, harter körperlicher Arbeit. Breite Schultern, schmale Hüften, flacher Bauch. Lange, kräftige Beine. Kein schlechtes Exemplar, das sich da zu mir verirrt hatte. Im Gegenteil, eines der leckersten, dem ich seit langem begegnet war.

Er sah mich an und lächelte, und ich nahm meinen Mut zusammen, ging auf ihn zu und gab ihm die Kleidung. „Hier, das könnte Ihnen passen. Was anderes kann ich Ihnen nicht anbieten, ich bin nicht auf Männerbesuch eingerichtet." Unter seinem intensiven Blick ging ich automatisch einen Schritt zurück. Himmel, was war denn das? Es fuhr mir ja bis in den Bauch. „Ich mache Ihnen einen Tee", sagte ich hastig und trat die Flucht nach hinten an. Eilig verließ ich das Zimmer und flüchtete regelrecht in die Küche. Mist, ich hatte kein Licht, ich würde noch einmal ins Wohnzimmer gehen müssen, um mir eine Kerze zu holen. Oder aber ich müßte das Teewasser im Dunklen aufsetzen; die Gasflamme würde ja etwas Licht spenden. Ich zögerte. Dann siegte mein Trotz. Ich würde mich doch nicht daran hindern lassen, mich in meinem Haus frei zu bewegen! Und brauchte ich eine Kerze, so brauchte ich sie eben, und hatte ich sie im Wohnzimmer, so würde ich eben dorthin gehen und mir eine holen! So weit käme es noch, daß ich wegen eines Mannes im Dunkeln Tee kochen würde für eben diesen Mann, den der Regen in mein Haus gespült hatte!

Entschlossen ging ich zum Wohnzimmer und trat über die Schwelle. Und schnappte nach Luft, als ich ihn sah. Splitterfasernackt stand er da, sein herrlicher Körper nur vom Kerzenlicht flackernd erhellt. Wie eine römische Statue – aber die hätte sich mir sicherlich nicht zugewendet und mit harter Stimme gesprochen.

„Komm her!" sagte er mit befehlsgewohnter Stimme. Automatisch wich ich zurück, keines klaren Gedankens mehr fähig. „Komm her!" wiederholte er, und seine Stimme ließ keinen Widerspruch zu. Ich ertappte mich dabei, wie ich einen Schritt auf ihn zutrat. Dann erkannte ich, was ich da tat und trat wieder zurück, legte etwas Abstand zwischen uns.

„Was soll das?" fuhr ich ihn an. Drohend trat er auf mich zu, und ich wich einen weiteren Schritt zurück. Etwas knallte, und zu meinem Schrecken erkannte ich, daß er in der rechten Hand eine Peitsche hielt, mit der er kräftig auf den Boden geschlagen hatte. Das war das Knallen gewesen, das ich gehört hatte. Und wieder ließ er die Peitsche knallen.

„Komm her! Noch einmal sage ich das nicht!" sagte er drohend. Ich schnappte nach Luft, und ehe ich reagieren konnte, wickelte sich etwas um meine Handgelenke und zog mich erbarmungslos auf ihn zu. Ich stolperte und wäre beinahe gestürzt, konnte mich gerade noch abfangen. „Na also!" sagte er und blickte mich dunkel an. Ich war ihm jetzt so nah, daß ich die Wärme seines Körpers spüren konnte. Erregung fuhr in meinen Unterleib, und ich sog scharf die Luft ein. Gleichzeitig war ich halb gelähmt vor Furcht. Geschichten fuhren mir durch den Kopf, die ich früher irgendwann einmal gehört hatte, in denen es Frauen in der Gewalt von Männern schlecht erging, und meine Fantasie schlug Purzelbäume.

Meine Handgelenke waren immer noch gefesselt, als er nach meinen Haaren griff und meinen Kopf in den Nacken bog. Ich taumelte etwas nach hinten, aber er hielt mich fest.

„So gefällst du mir!" sagte er mit rauher Stimme, und das Kribbeln in meinem Unterleib verstärkte sich. Seine Hand fuhr fuhr unter mein Shirt und berührte die zarte Haut auf meinem Bauch. Sanft und doch fest strich er über meine Seite und dann hoch bis zu meiner Brust, die er kräftig umfaßte, bevor seine Finger über meinen Nippel strichen. Erregung fuhr durch meinen gesamten Körper und sammelte sich in meinem Bauch, und ich spürte, wie meine Brustwarzen sich verhärteten und aufrichteten. Unerwartet kniff der Unbekannte in meinen Nippel und zog kräftig daran. Schmerz durchzuckte mich, und ich stöhnte auf vor Verlangen. Meine Beine gaben unter mir nach, und hätte er mich nicht aufgefangen, wäre ich vor ihm zu Boden gesunken.

„Reiß Dich zusammen!" schrie ich mich in Gedanken an. „Was tust Du hier? Zeig dem Kerl, was eine Harke ist und schmeiß ihn aus dem Haus!" Das Feuer war jedoch in mir entfacht, und mir war klar, daß es nicht so einfach werden würde. Mit letzter Willenskraft richtete ich mich auf und stieß hervor: „Laß mich in Ruhe und verschwinde aus meinem Haus! Umgehend!"

Der Mann lachte nur und zog mich näher zu sich heran. Mein Nacken schmerzte, da er in dieser unnatürlichen Stellung allmählich verkrampfte, und ich kämpfte darum, meine Selbstbeherrschung zu behalten. Die warme Hand des Fremden bewegte sich über meinen Bauch und dann auf meinen Rücken, strich sanft darüber, griff fester zu, knetete meine Muskeln, und meine Vorsätze gerieten ins Wanken. Meine Güte, was passierte hier mit mir? Mit einem plötzlichen Ruck waren meine Hände frei, aber bevor ich reagieren konnte, hatte mir der Mann mein Shirt vom Leib gerissen und hielt meine Arme mit einer Hand hinter meinem Rücken gefangen, während er sich über mich beugte, mir einen glühend heißen Blick schenkte und sich dann meinen Brustwarten widmete. Sanft fuhr er über die Nippel, leckte und küßte; ein Stöhnen entrang sich meiner Kehle.

Ich wollte mehr und reckte mich ihm entgegen, ergab mich meinem Verlangen. Als hätte er nur darauf gewartet, holte der Mann mit der anderen Hand aus und ließ sie auf meinen Hintern klatschen. Ich zuckte zusammen. Zwar trug ich noch meinen Rock, aber das hinderte mein mißhandeltes Hinterteil nicht daran, in pulsierenden Schmerz auszubrechen. Grob fuhr der Mann mit seiner Hand unter den Saum meines Rockes und fuhr mit ihr an der Innenseite meiner Oberschenkel hoch und versenkte sie unter dem Rand meines Slips. Ich zuckte und wand mich, als sich seine warmen Finger genau auf meine pulsierende Knospe legten. Sanft rieb er sie, dann kräftiger, um sie mir dann zu entziehen. Ich stöhnte auf, bewegte mich ungeduldig unter ihm, wollte ihn wieder spüren. Ruckartig ließ der Fremde mich los und stieß mich von sich, gegen die Wand, und ein Schrei des Erschreckens entrang sich meiner Kehle. Mir war schwindelig, und meine Beine trugen mich nicht mehr. Mit dem Rücken an der Wand rutschte ich langsam hinunter, bis ich saß, die Beine an den Körper gezogen und stark atmend.

„Steh auf!" befahl mir der Mann, aber jetzt reichte es mir. „Du kannst mich mal!" stieß ich hervor und sprang auf. Oder besser gesagt, versuchte aufzuspringen, denn meine Knie waren weich und zitterten, so daß ich taumelnd zum Stehen kam und beinahe wieder auf meinem Hintern gelandet wäre. Das machte mich dermaßen wütend, daß ich Kräfte mobilisierte, derer ich mir gar nicht bewußt gewesen war.

Fauchend gab ich mir einen Ruck und stand auf. Hätten Blicke töten können, so wäre dieser Flegel auf der Stelle tot zusammengebrochen. Keuchend tat ich einen Schritt auf ihn zu: „Verschwinde aus meinem Haus, und zwar sofort! Und das da–" ich zeigte auf die Peitsche, die er immer noch in der Hand hielt „nimmst Du mit. Los, verzieh Dich! Auf der Stelle!" Wie eine Rachegöttin mußte ich dort gestanden haben, aber der Fremde zeigte sich nicht im mindesten beeindruckt. Er sah mich nur an, und unter seinem finsteren Blick schwand jedes bißchen Mut, daß ich zusammengesammelt hatte. Ein großer Schritt, und er war bei mir, schneller, als ich es erwartet hatte. Rauh packte er meine Unterarme und zwang sie auf den Rücken. Dann packte er meinen Rock und meinen Slip und riß mir beides vom Leib. Ehe ich mich versah, hatte er sich auf meinen Stuhl gesetzt und mich über seine Knie gelegt.

Seine Hand tanzte Stakkato auf meinem bloßen Hinterteil. Glühender Schmerz durchzuckte mich, und ich strampelte heftig mit den Beinen, woraufhin er seine Schläge intensivierte. Seine Erektion drückte gegen meinen Bauch, und allmählich bekam ich wirklich Angst und schrie sie und meinen Schmerz laut hinaus. Grimmig schweigend fuhr seine Hand noch ein-, zweimal auf meinen Po nieder, dann verstummten die Schläge.

Meine malträtierte Haut brannte und pochte, und ich war den Tränen nahe. Und da rollte schon die erste meine Wange hinunter. Ich schluchzte und gab jeden Widerstand auf. Erstarrte. Denn ich fühlte seine Hand zärtlich die schmerzende Haut streicheln. Sanft und beruhigend, und er flüsterte auch irgend etwas, das sehr zärtlich klang. Langsam erhob er sich, ließ mich aber nicht auf den Boden gleiten, sondern hob mich in seine Arme und legte mich vorsichtig auf dem Elchfell vor dem Kamin auf den Boden. Ich spürte das rauhe Fell auf meinem Rücken und die Wärme der Flammen auf meiner Haut. Die Augen des Fremden bohrten sich in meine, hielten sie fest, während er sich neben mich kniete. Die Schatten des Feuers tanzten auf seinem Gesicht, als er sich über mich beugte.

Verlangen durchfuhr mich, und ein letztes Mal bäumte ich mich auf, unwillig, mich ihm zu ergeben. Er aber erstickte diesen Ansatz im Keim, indem er meine Arme mit einer Hand über meinem Kopf auf dem Boden festhielt und sich rittlings auf meine Oberschenkel setzte. Seine freie Hand ging auf meinem Körper auf Wanderschaft und hinterließ glühende Spuren. Er streichelte, massierte, liebkoste, und ein Stöhnen entrang sich meiner Kehle, während ich mich unter ihm wand. Mein ganzer Körper schien zu glühen und verlangte nach mehr. Zärtlich küßte er meine Brustwarzen, erst die eine, dann die andere, saugte an ihnen, biß leicht hinein, und ein Schauer der Erregung nach dem anderen fuhr durch meinen Körper. Hitze breitete sich in mir aus, ich stöhnte und versuchte, meine Arme zu befreien– vergeblich. Die Hand des Fremden bewegte sich über meinen Bauch nach unten, kreiste um meinen Bauchnabel, um noch tiefer zu sinken. Ich wollte meine Beine öffnen, um ihm den Eingang zu erleichtern, aber da er immer noch fest auf meinen Oberschenkeln saß, wollte mir das nicht gelingen. Süße Qual erfüllte mich, ich wußte nicht, wie ich dem abhelfen sollte. Ich ertrug es kaum noch. Dann spürte ich, wie das Gewicht von meinen Beinen verschwand und meine Schenkel sanft geöffnet wurde.

„Ja!" schrie alles in mir, aber außer einem Stöhnen drang kein Laut über meine Lippen. Ich spürte, wie feucht ich war, wie erregt. Ich wollte ihn in mir spüren. Jetzt. Sofort. Ich hob mich ihm entgegen und spürte seinen harten Schaft an meiner pulsierenden, wartenden Klit. Er rieb sie, erst sanft, dann heftiger, und nun konnte auch er nicht mehr an sich halten. Ein lautes Stöhnen entrang sich ihm, sein Atem beschleunigte sich hörbar. Um mich drehte sich alles, ich bestand nur noch aus Gefühl, schmerzendem Verlangen und süßer Qual.

Dann waren meine Arme plötzlich frei und er stieß unerwartet in mich. Ich schrie auf. Er bewegte sich schnell und rücksichtslos, aber mir war das nur recht. Ich hob mich ihm entgegen, und wir fanden einen gemeinsamen Rhythmus, der mich immer höher trug in Sphären, von denen ich bisher nichts geahnt hatte. Ich spürte, wie sich etwas aufbaute in meinem Unterleib, eine Spannung, die schier unerträglich war und nach Erlösung drängte. In dem Moment, in dem sie sich entlud, schrie ich auf, zuckte am ganzen Körper spürte, wie auch der Mann zum Höhepunkt kam und sich in mir ergoß. Ich keuchte und schnappte nach Luft, und auch ihm ging es nicht anders. Zusammengesunken lag er auf mir, und ich spürte seinen rasenden Herzschlag.

EIN AUFREGENDES GEWITTER

Das Gewitter war weitergezogen, nur leise noch hörte man das Grollen des Donners. Die Flammen des Kaminfeuers knisterten und strahlten eine behagliche Wärme aus, und mein Körper wurde schwer. Meine Augenlider fielen mir zu. Kurz wehrte ich mich gegen den Schlaf, dann jedoch übermannte er mich. Als ich aufwachte, waren die Kerzen fast heruntergebrannt und das Feuer im Kamin glomm nur noch etwas vor sich hin. Der Regen hatte aufgehört. Ich war allein.

II. Das erste Mal gefesselt

Jetzt war es also soweit. Matthias hatte mir diese Zusage bereits vor zwei Wochen abgerungen, aber bisher hatte ich mich immer aus der Situation winden können. Ganz wohl war mir nicht dabei, mich seinen Fantasien hinzugeben, aber andererseits reizte mich das Neue und Unbekannte ziemlich. Ich war schon immer abenteuerlustig gewesen, und so konnte ich gar nicht anders, als zuzustimmen, als Matthias mir eröffnet hatte, daß er mich gern einmal fesseln wolle.

Eigentlich litt ich unter Platzangst, der Gedanke, gefesselt zu sein, hatte mich jedoch schon immer gereizt, und in meinen Fantasien konnte ich nie genug davon bekommen. An der praktischen Umsetzung war es bisher aber immer gescheitert. Ich erinnerte mich gut an meinen ersten Versuch vor einigen Jahren. Damals waren es Textilmanschetten gewesen, und kaum hatte ich sie um die Handgelenke gelegt bekommen, machte ich vollständig dicht. Diesmal sollte es anders sein, und Matthias hatte mir versprochen, daß es mir gefallen würde. Ich würde einen neuen Versuch wagen.

Wir waren Essen gewesen in einem dieser piekfeinen Restaurants, in denen ich mich immer etwas unwohl fühlte. Ich gehörte mehr in eine Pizzeria, aber Matthias hatte mich zur Feier des Ereignisses ausführen wollen. Und so hatte ich mein kurzes schwarzes Häkelkleid angezogen und meine hohen Stiefel. Die Haare ließ ich offen über meinen Rücken fallen, da ich wußte, wie sehr Matthias diesen Anblick liebte. Der Ober führte uns an einen Tisch in einer kleinen verschwiegenen Ecke, und Matthias bestellte Rotwein für uns. Ich wußte, was nach dem Essen bei ihm zuhause geschehen würde, und entsprechend nervös war ich. Hatte ich die richtige Entscheidung getroffen? Würde ich es tatsächlich fertigbringen, mich von ihm fesseln zu lassen? Mich ihm voll und ganz auszuliefern?

Ich entschied mich für einen Salat, mehr würde ich nicht herunterbringen, das wußte ich. Dazu war ich zu aufgeregt. Und auch ängstlich. Ich wußte ja nicht, was mich erwartete. Matthias war glänzender Laune und unterhielt mich mit Anekdoten aus seinem Segelclub, in den er mich unbedingt einmal mitnehmen wollte. Sein Appetit war gut, so wie immer, und wenn er mich ansah und seinen Blick über mich wandern ließ, war klar, worauf er noch Hunger hatte: auf mich. Ich spürte ein Kribbeln im Bauch und fühlte, wie nicht nur Aufregung in mir aufstieg. Eine leichte Erregung bemächtigte sich meiner, und ich stellte leicht irritiert fest, daß ich feucht wurde. Hatten das Matthias´ Blicke fertig gebracht?

Wir fuhren im Taxi zu ihm nach Hause. Matthias half mir beim Aussteigen und legte seine Hand auf meinem Rücken. Er mußte wohl mein Zögern bemerkt haben und schob mich mit leichtem Druck richtung Haustür. „Gleich ist es soweit!" flüsterte er mir ins Ohr, und ich spürte, wie ich ganz kribbelig und noch feuchter wurde.

„Zieh Dich aus!" forderte er mich auf, und ich ließ das Kleid von meinen Schultern gleiten, so daß es zu meinen Füßen liegenblieb. Matthias´ Blick verdunkelte sich, und in mir stieg Hitze auf. Dann folgte mein Stringtanga und landete auf dem Boden. „Leg dich aufs Bett!" Matthias´ Stimme war rauh, und das Kribbeln in meinem Bauch verstärkte sich und wurde zu einem großen Schmetterling, der mit seinen Flügeln hin und her flatterte. Langsam und zögernd ging ich zum Bett und ließ mich darauf nieder. Matthias ließ mich nicht aus den Augen, während er sich erst seines Hemdes und dann seiner Hose entledigte und nur noch in seiner Boxershorts vor mir stand. Ich betrachtete die Beule in seiner Hose. Er war eindeutig erregt. Und ich – ja, ich war es auch. Es war eine Erregung, die von Nervosität und etwas Angst durchsetzt war.

Matthias beugte sich über mich und befestigte die Handschellen an meinen Handgelenken. Dann ertönte ein leises Klappern von Metall an Metall, als er die Schellen am Bett befestigte, und ich wußte, daß ich ihm jetzt hilflos ausgeliefert war. Ich lag auf dem Rücken auf seinem Bett und fühlte den kühlen Stoff des Seidenlakens unter mir. Probeweise versuchte ich, meine Hände zu mir zu ziehen, scheiterte aber an den Handfesseln. Klar, hätte ich meine Hände befreien können, würden die Fesseln ihren Zweck ja auch nicht erfüllen!

Matthias näherte sich mir und sah mich liebevoll an. So gefiel ich ihm, das sah ich in seinen Augen. Zärtlich strich er mir über die Wange und weiter über den Hals bis zu meiner Brust. Ein Kribbeln breitete sich in meinem Bauch aus, und ich fühlte, wie meine Brustwarzen hart wurden und sich aufrichteten. Matthias lächelte erfreut und beugte sich über mich, um meinen rechten Nippel zärtlich mit seiner Zunge zu umkreisen. Dann fuhr seine heiße Zunge über meine Haut zu meiner linken Brust und neckte auch hier die steife Spitze. Das Gefühl war der absolute Wahnsinn. Matthias hier so ausgeliefert zu sein, ohne die Chance, mich zu bewegen – wow! Damit hatte ich nicht gerechnet.

Zärtlich küßte er mich auf die empfindliche Stelle

unterhalb meines Bauchnabels, dann griff er nach den Fußfesseln, die er vorhin auf die Matratze gelegt hatte. Er legte das kalte Metall um meine Fußgelenke und befestigte sie dann am Fußende des Bettes. Hier lag ich nun, Arme und Beine gespreizt, und war ihm auf Gedeih und Verderb ausgeliefert. Ich spürte, wie sich eine leichte Panik in mir ausbreitete. Dennoch konnte ich nicht umhin, festzustellen, wie erregt ich bereits allein dadurch war, so hilflos auf dem Bett gebunden zu liegen. Was für ein Gefühl!

Ich zitterte etwas, vor Aufregung, vermutete ich, denn an der Zimmertemperatur konnte es nicht liegen. Wir hatten ordentlich eingeheizt, und auch jetzt knisterte das Feuer im Kamin und sorgte für eine schöne Atmosphäre. Matthias war mein Zittern jedoch nicht entgangen. „Ist dir kalt?" fragte er besorgt, und ich schüttelte den Kopf. Ich war mir nicht sicher, ob ich einen Ton herausgebracht hätte, also schwieg ich lieber. Matthias lächelte. „Du brauchst keine Angst zu haben."

„Ich weiß" brachte ich irgendwie heraus. „Ich bin etwas nervös." Matthias beugte sich zu mir und gab mir einen Kuß. „Deshalb lassen wir die Augenbinde auch weg" sagte er.

Augenbinde? Du meine Güte, auf die Idee, daß er mir das antun könnte, wäre ich nicht gekommen. So nickte ich nur dankbar. Mit Augenbinde wäre ich bereits in helle Panik ausgebrochen, soviel war mir klar.

„Du bist wunderschön!" Andächtig sah Matthias mich an, und in mir breitete sich stille Freude aus. Daß ein Mann mich einmal als wunderschön bezeichnen würde, hätte ich mir nie träumen lassen. Aber mein Körper gefiel Matthias, und das machte mich unendlich glücklich. Sachte fuhr er mit seinen Fingern von meiner Halsgrube über meinen Bauch bis hinunter zu meiner Scham. Ich hatte mich heute rasiert und wußte, daß meine Klit und meine Öffnung seinen Blicken frei zugänglich waren. Das Kribbeln in meinem Bauch verstärkte sich und zentrierte sich zwischen meinen Beinen. Ich spürte, wie ich feucht wurde. Matthias setzte sie zärtliche Erkundung meines Körpers fort. Seine Finger glitten von der Innenseite meiner Handgelenke langsam die Arme hinauf bis zu meinen Achseln, und sein Mund folgte ihnen und hinterließ eine heiße Spur auf meiner Haut. Ich seufzte, als er seine Wanderung fortsetzte: An meiner Seite hinab bis zu meinen Oberschenkeln, dann auf die Innenseite meiner Oberschenkel, die er zärtlich küßte. Spielerisch ließ er seine Zunge kreisen und saugte an meiner Haut.

Meine Liebesperle pochte und ich spürte, wie ich noch feuchter wurde. Hier wollte ich ihn spüren, an meiner empfindlichsten Stelle! Ich versuchte, meine Beine noch weiter zu öffnen, scheiterte jedoch an den Fußfesseln. Jetzt spielte seine Zunge mit meinen äußeren Schamlippen, und ich wurde fast wahnsinnig vor Sehnsucht. Mein Puls raste. „Matthias, bitte!" Kurz sah er mir in die Augen, grinste einmal sardonisch und setzte die Wanderung seiner Finger und seiner Zunge weiter abwärts fort, meine Beine hinab bis zu meinen Füßen. Ich hatte gar nicht gewußt, wie empfindlich meine Füße waren! Ich stöhnte auf. Meine Angst war verschwunden, jetzt war es nur noch Erregung, die mich erfüllte.

Langsam erhob sich Matthias, entledigte sich seiner Boxershorts und kniete sich über mich. Sein Schwanz war steif und groß, und es hing ein Lusttropfen an ihm. Matthias war hochgradig erregt, genau wie ich. Und er genoß es, Macht über mich zu haben, das merkte ich ganz genau. Er küßte mich und knabberte an meiner Unterlippe, dann sog er meine Zunge in seinen Mund und spielte mit ihr. Ich spürte die Hitze seines Körpers über mir und fühlte, wie sein Penis meinen Unterbauch berührte. Ich zuckte und versuchte, mein Becken in seine Richtung zu schieben, ich wollte ihn zwischen meinen Beinen spüren, aber ich konnte mich kaum bewegen. Matthias´ Lippen glitten zärtlich über meinen Hals bis zu meinem Brustansatz, und dann widmete er sich ausgiebig meinen beiden Nippeln, die einen elektrischen Stoß nach dem anderen in meinen Unterleib beförderten.

Ich stöhnte und wand mich unter ihm, und dann endlich spürte ich seinen Schwanz in meiner Spalte! Sanft rieb er mit seiner Eichel über meine Klit, und ich meinte, es vor Erregung nicht mehr aushalten zu können. Seine Finger reizten meine Brustwarzen, während er weiter nach unten rutschte und seinen Kopf zwischen meine gespreizten Beinen legte. Und dann leckte er mich! Knabberte und sog und leckte an meiner Perle, während er gleichzeitig meine Brustwarzen stimulierte. Ich hielt es kaum noch aus vor Erregung und stöhnte laut. Matthias schien es aber nicht anders zu gehen, das merkte ich an seinem Atem, der inzwischen sehr schnell geworden war.

Dann entzog er sich mir und griff in die Nachttischschublade. Ich erhaschte einen Blick auf einen schwarzen Plug. Bisher hatte ich es nicht gewagt, mich auf anale Spielchen einzulassen. Hatte Matthias vor, mich jetzt darin einzuweihen? Ich spürte, wie die Nervosität wieder losschlug, allerdings war es diesmal eine angenehme Aufregung, nicht so angstdurchsetzt wie anfangs. Es zog kräftig in meinem Unterleib, und das Prickeln wurde noch stärker, was ich nicht für möglich gehalten hatte.

Aus einer Tube drückte Matthias eine klare Flüssigkeit auf seine Finger, dann beugte er sich wieder über mich und gab mir einen Kuß. „Zeit für eine neue Lektion!" sagte er mit rauher Stimme, und schon fühlte ich seinen Finger an meiner Rosette. Die Creme war kühl, und er massierte sie leicht ein und übte Druck aus auf meinen Anus. Dann glitt sein Finger leicht in mich hinein. Was für ein merkwürdiges Gefühl! Nicht unangenehm, aber neu. Ungewohnt. Und etwas gewöhnungsbedürftig. Dann fühlte ich wieder seinen Penis in meiner feuchten Spalte, während er mit meiner Rosette spielte, sie massierte und immer wieder in mein Hintertürchen eindrang. Erst mit einem Finger, dann mit zweien, und es fühlte sich gut an. Es erregte mich. Vor allem, da ich gleichzeitig seinen Schwanz an meiner Klit fühlte. Ich bog mich ihm entgegen, verstärkte den Druck auf meine Perle und auf seine Finger, und jetzt war ich mir ziemlich sicher, es nicht mehr lange aushalten zu können. Ich wimmerte, hatte die Augen geschlossen und war nur noch reines Gefühl.

Matthias´ Finger an meinem Anus verschwanden, und dann plötzlich spürte ich den Plug in mich eindringen. Ich riß die Augen auf. Was für ein Gefühl! Matthias stöhnte auf, ihn erregte dieses Spielchen sichtlich. Er veränderte seine Stellung und vergrub wieder seinen Kopf zwischen meinen Beinen. Mit seiner Zunge leckte er mich, während er den Plug langsam in mein Hintertürchen einführte. Obwohl es kaum noch möglich war, wurde ich noch feuchter.

Ich riß an meinen Fesseln, ich ertrug es nicht mehr. Meine Erregung steigerte sich ins Unermeßliche, und dann endlich fand ich Erlösung in einem gewaltigen Orgasmus. Mein ganzer Körper zuckte, und ich hörte mich selbst laut stöhnen und schreien. Und dann endlich fühlte ich Matthias´ Schwanz in mir! Er füllte mich ganz aus und bewegte sich kräftig in mir. Während ich die Nachwehen meines Orgasmus genoß, ergoß sich Matthias in mich und sank erschöpft über mir zusammen.

So blieben wir beide einige Minuten liegen, bevor er vorsichtig den Plug entfernte und meine Fesseln löste. Ich war völlig erschöpft und unglaublich befriedigt. Matthias zog die Bettdecke über uns, küßte mich und kuschelte sich an mich. „Das war unglaublich!" sagte ich und hörte, wie heiser meine Stimme klang. Matthias lachte leise und zufrieden. „Ich wußte, daß es dir gefallen würde. Bist du bereit, dieses Spielchen zu wiederholen? Ich habe noch einige Ideen, die ich gern umsetzen möchte." Ich lächelte ihn glücklich an. „Natürlich. Darauf will ich nicht mehr verzichten. Wann folgt die nächste Lektion?" Eng umschlungen schliefen wir ein.

III. Züchtigung im Restaurant

„Wie bitte?" Fassungslos starrte Ramona mich an. „Das kannst Du nicht ernst gemeint haben. Du willst was?!? Von mir erniedrigt und geschlagen werden??? Habe ich das richtig verstanden??"

Jetzt wurde sie lauter, und die ersten Gäste sahen interessiert zu uns herüber. Ich schluckte. Das hatte ich mir ganz anders vorgestellt. Ich hatte Ramona in ein kleines Restaurant eingeladen. Bei Kerzenschein und einem guten Essen, so hatte ich gehofft, würde es mir leichter fallen, mit ihr zu sprechen. Sie würde ruhig bleiben müssen, sich nicht hinreißen lassen von ihrer vermutlich zu erwartenden Reaktion, aber da hatte ich mich anscheinend gründlich vertan.

„Nicht so laut!" bat ich sie, „Die anderen Gäste gucken schon hierher!"

„Ja, und? Sollen sie doch gucken!" kreischte Ramona. „Immerhin hast Du mir eben eröffnet, daß Du eine jämmerliche Figur von Mann bist, ein Verlierer, der mich zu seiner Domina machen möchte! Denn das ist es doch, was Du willst, oder? Habe ich Dich etwa falsch verstanden?!" Sah ich da Verachtung in ihren Augen? Arroganz? Abneigung?

Noch einmal schluckte ich, und während ich mir durchaus darüber bewußt war, daß alle Gespräche um uns herum verstummt waren, preßte ich heiser hervor: „Ramona, bitte! Ich habe Dir doch nur gesagt, daß ich – na ja, also –", ich mußte mich räuspern, da die Stimme drohte, mir zu versagen, „ich habe Dich darum gebeten, in Zukunft etwas dominanter mit mir umzugehen, wenn wir", hier mußte ich mich wieder verlegen räuspern, „ähm, also, wenn wir..." Die Stimme versagte mir.

„Wenn wir Sex haben! Sprich es doch aus! Ich soll Dich auspeitschen und schlagen, vermutlich mir sogar noch meine Stiefel von Dir küssen und ablecken lassen!" Jetzt klang sie höhnisch und eindeutig verächtlich. „Was bist Du doch für ein erbärmlicher Wicht! Mann? Daß ich nicht lache! Tagsüber, ja, da kannst Du den großen Macker herauskehren und Deine Angestellten herumkommandieren, aber im Bett bist Du eine Niete. Ein Versager! Hah, jetzt weiß ich wenigstens, warum Du nie einen hochbekommen hast! Du Memme!" Jetzt sprach der reine Haß aus ihr, und so sehr es mir auch peinlich war, daß jeder im Raum unserem Gespräch zuhörte, mußte ich doch zugeben, daß es mich heiß durchlief. Erregung durchfuhr mich, und ich spürte, wie ich eine Erektion bekam. Aber doch bitte nicht hier!

„Nun, mein Lieber, das kannst Du haben!" herrschte Ramona mich an. „Sollen es alle sehen, was für eine Memme Du bist, was für ein Verlierer! Auf die Knie mit Dir! Meine Stiefel müßten mal geputzt werden, und Du besitzt eine nasse Zunge! Runter mit Dir auf den Boden! Leck meine Stiefel sauber!"

Oh Gott, mir wurde ganz schummerig. Hier? Jetzt? Mitten im Restaurant, wo unzählige Blicke auf mich gerichtet sein würden? Würde Ramona das tatsächlich fertig bringen? Ein Zittern durchlief mich, und gehorsam erhob ich mich von meinem Stuhl, warf ihr noch einen unsicheren Blick zu, den sie mit gnadenloser Härte beantwortete, und sank vor ihr auf die Knie. Überdeutlich war ich mir aller Blicke bewußt, die auf mir ruhten, und trotz der Unmöglichkeit dieser Situation wallte heiße Erregung in mir auf. Meine Hose wurde mir eng, während ich mich hinunterbeugte, um Ramonas Stiefel zu lecken. Sie saß zurückgelehnt auf ihrem Stuhl, die Beine locker auseinandergestellt. Ihre Stiefel! Diese heißen, schwarzen Lederstiefel, die ihr bis zu den Knien reichten! Mein Blick wanderte von der Sohle über den Absatz bis hoch zu Ramonas Knien. Dann stockte mir der Atem. Der Schlitz in ihrem Rock hatte sich geöffnet, ich konnte bis an ihre intime Stelle zwischen ihren Beinen sehen. Und sie trug – nichts. Es war nicht sehr hell, aber der Schein der Kerzen, die auf unserem Tisch standen, reichte aus, um mir zu zeigen, daß sie rasiert war und tatsächlich nichts unter diesem Rock trug. Meine Kehle wurde trocken, und das Verlangen, Ramona zu berühren, wuchs.

Ich mußte wohl zu lange auf ihre dunkle Höhle gestarrt haben, denn jetzt beugte Ramona sich vor und zischte mich an: „Leck mir die Stiefel, Du Nichtsnutz von Mann!" Und ich tat, wie mir geheißen. Das Leder fühlte sich kühl unter meiner Zunge an, und ich mußte sie öfter befeuchten. Meine Erektion drückte schmerzhaft gegen den Stoff meiner Jeans. ER wollte hinausgelassen werden und sich tief in Ramona versenken, aber daran war nicht zu denken. Ich hatte ihre Stiefel zu lecken! Undeutlich nahm ich wahr, wie der Kellner sich an unseren Tisch begab und Ramona irgend etwas fragte. Dann entfernte er sich wieder. Und ich leckte Ramonas Stiefel, bis ich das Gefühl hatte, meine Zunge würde gleich einen Krampf bekommen, während mich ein Schauer der Erregung nach dem anderen durchfuhr.

„Genug!" befahl Ramona, und ich hielt inne und sah zu ihr auf. Zufrieden sah sie mich an. „Hier, trink!" befahl sie mir dann, und wies auf einen Napf, der neben ihr auf dem Boden stand. Hatte der Kellner diesen Napf gebracht? Ich zögerte. Sollte ich tatsächlich... „Trink!" fuhr sie mich an,

27

und gehorsam beugte ich meinen Kopf, und aus dem Napf zu trinken. Es war kein Wasser, so wie ich eigentlich erwartet hatte, sondern Wein. Der Wein, den ich vorhin bestellt hatte? Ich trank, und je länger ich den Kopf über den Napf gebeugt hielt, desto höher stieg meine Erregung. Und das trotz des Umfeldes, oder gerade deswegen?

Energische Schritte näherten sich, und ich blickte auf. Eine Frau, ihrer Kleidung nach zu urteilen ebenfalls Gast in diesem Restaurant, näherte sich unserem Tisch. Als sie bei uns ankam, verpaßte sie mir einen Tritt, der mich leise aufschreien ließ. „Weg da!" befahl sie mir, als ob ich ein Hund wäre. Irgend etwas in mir begehrte auf, und ich öffnete den Mund, um sie zurecht zu weisen.

„Halt die Klappe!" wies mich Ramona an, die wohl geahnt haben mußte, daß ich aufbegehren wollte. Und dann gab sie mir eine Ohrfeige. Mein Kopf flog zur Seite, und Tränen der Erniedrigung stiegen mir in die Augen. Das ging nun doch eindeutig zu weit!

Die fremde Frau sah mich hochmütig an. „Du bettelst geradezu darum, geschlagen zu werden. Ich werde Dir diesen Wunsch gerne erfüllen!" sagte sie von oben herab. „Zieh dir die Hose herunter!" Wie bitte, was? Verwirrt und fassungslos sah ich Ramona an. „Du hast gehört, was die Dame gesagt hat! Tu, was sie von dir verlangt!" forderte Ramona mich auf.

„Aber – hier? Was? Wer ist das?" wand ich mich hilflos. „Du sollst tun, was dir gesagt wird!" fuhr Ramona wütend auf und zog mich schmerzhaft am Ohr, zwang mich so, mich zu erheben. „Los jetzt! Hose runter!"

Und während die Frau ihren Ledergürtel aus den Schlaufen ihres kurzen Rockes zog, öffnete ich erst den Knopf meiner Hose und dann den Reißverschluß. Eine kleine Bewegung mit den Beinen, und sie lag um meine Knöchel auf dem Boden.

Hochrot im Gesicht mußte ich inzwischen sein, aber nicht nur vor Scham, sondern vor allem vor Erregung. Heiß schoß das Blut durch meine Adern, und ich atmete schwer. „Schau an, da will wer heraus!" sagte Ramona und zeigte spöttisch auf meine Unterhose, die von meiner Erregung derart ausgebeult wurde, daß ich nur noch auf das reißende Geräusch der platzenden Nähte wartete.

Schnellen Schrittes näherte sich der Kellner. „Meine Damen, mein Herr, das geht jetzt doch eindeutig zu weit!" sagte er. Ramona fuhr zu ihm herum, und die fremde Frau tat es ihr gleich. „Halten Sie sich da raus! Oder sind Sie scharf darauf, der nächste zu sein?" fuhr Ramona ihn an, und der Kellner trat eingeschüchtert einen Schritt zurück. Wie zwei Rachegöttinnen standen sie da, die beiden Frauen, und dem Kellner blieb nichts anderes übrig, als die Flucht nach hinten anzutreten.

Jetzt wendeten sie sich mir wieder zu, und die fremde Frau sagte: „Unterhose runter und über den Tisch gebeugt. Ich will dein bloßes Hinterteil im Kerzenschein glänzen sehen!" Mir wurde heiß und immer heißer. Oh Gott, was taten sie nur mit mir? Dennoch zögerte ich nur kurz, und kurz darauf lag ich mit bloßem Hintern über dem Tisch, als der erste Schlag des Ledergürtels auf meinen Po fuhr. Es brannte, es pochte, es schmerzte fast unerträglich, als Schlag auf Schlag auf mich herunterprasselte. Dann hörten die Schläge auf. Mein Hintern glühte, ein pulsierender Schmerz breitete sich in meinem ganzen Körper aus. Und Erregung durchfuhr mich. Ich keuchte, mein Puls raste, und ich stand kurz vor einem großen Orgasmus.

„Aufstehen und umdrehen!" forderte Ramona. Sie saß wieder auf ihrem Stuhl, die Beine weit gespreizt, und ich konnte kaum noch an mich halten. Neben ihr stand die andere Frau, die mich zufrieden ansah, sich dann umdrehte und wieder an ihren Platz ging.

„Jetzt hol dir einen runter!" zog Ramona meine Aufmerksamkeit wieder auf sich. Ein letzter Hauch eines Zweifels kam und ging sofort wieder, und dann legte ich Hand an mich an, während Ramona mir dabei zusah. Es brauchte nicht lange. Zwei, drei Handgriffe, dann war ich soweit, und meine Flüssigkeit spritzte auf den Tisch. Ich stöhnte laut auf, und dann gaben meine Beine unter mir nach, und ich sank erschöpft auf meinen Stuhl, während um mich herum der Applaus und die Zurufe aufbrandeten. Ja, wir hatten unsere Sache gut gemacht, und ich hätte zu gern gewußt, was die anderen so getrieben hatten, während Ramona, Elfie und ich mit unserem Spiel beschäftigt gewesen waren.

IV. Entführt

Na, da war ich ja mal gespannt. Meine Freundin hatte so anzüglich gelächelt, als sie mir erzählt hatte, daß sie sich etwas ganz besonderes zu meinem Geburtstag hatte einfallen lassen, daß ich vermutete, daß sie mir einen knackigen Stripper für heute Abend besorgt hatte. Immerhin war ich solo, so daß ich mir derartige Eskapaden leisten konnte. Hoffentlich nur war es nicht so ein Softie, der eine weiche Show abzog. Ich stand eher auf dominante Männer, und das wußte sie eigentlich auch, vielleicht hatte sie ja einen kettenrasselnden und düster blickenden van Helsing für mich aufgetrieben? Lustig werden würde es auf jeden Fall. Sophie war immer für eine Überraschung gut, und ich konnte mir eine gewisse Neugierde nicht verkneifen.

Mein Schritt wurde beschwingter, und ich mußte über das ganze Gesicht gegrinst haben, als es passierte. Ein Wagen hielt abrupt neben mir, die beiden Türen, die zu mir zeigten, öffneten sich, und zwei Gestalten sprangen heraus. Jemand griff nach meinem Arm, ein Ruck, ich öffnete den Mund, um zu schreien, und in diesem Moment wurde mir ein Knebel in den Mund gestopft und ein Tuch über die Augen gelegt und am Hinterkopf verknotet. Man riß mich von den Beinen und warf mich grob in das Fahrzeug. Die Türen knallten, und während der Wagen anfuhr, wurden meine Handgelenke gefesselt und irgendwo oberhalb von mir befestigt. Ich spürte, wie mein kurzes Oberteil nach oben gezogen wurde, und auch der Saum meines Rockes rutschte einige Zentimeter höher und entblößte mehr von meinen Oberschenkeln, als mir recht sein konnte.

Es war alles ganz schnell gegangen, und ich war wie gelähmt. Das konnte nur ein Traum sein, und zwar einer der ganz schlechten Sorte. Ein Gefühl von Irrationalität überkam mich. Das konnte einfach nicht echt sein. Ich fühlte mich wie in Watte gepackt, und mir war ganz schummerig.

„Alles klar?" riß mich eine rauhe Stimme in die Wirklichkeit. Der Sprecher mußte sich vor mir befinden, was darauf hindeutete, daß ich mich auf dem Rücksitz des Wagens befand.

„Ja, alles in Ordnung, hätte nicht besser laufen können." antwortete eine zweite Stimme hinter mir. „Nicht wahr, Kleine, lief doch wohl alles gut?", hauchte mir der Mann in mein rechtes Ohr. Ich spürte seinen Atem in meinem Nacken, und in diesem Moment wurde mir schlagartig klar, daß ich nicht auf dem Sitz saß, sondern auf dem Schoß dieses Mannes!

Panik überkam mich, und instinktiv versuchte ich, von ihm abzurutschen, wegzukommen von diesem Ungeheuer, das mich entführt und gefesselt hatte. Der Mann lachte einmal laut auf. Ein Arm legte sich um meine bloße Taille und zog mich wieder auf seinen Schoß, ganz nahe an ihn heran, so daß mein Rücken an seiner Brust lag. Ich trat mit den Beinen, aber er lachte nur und spreizte sie, indem er seine Beine von hinten zwischen meine legte und meine Füße auf diese Weise an der Seitenwand des Wagens und der Mittelkonsole fixierte. Da saß ich nun mit gespreizten Beinen und mit über meinem Kopf gefesselten Händen auf dem Schoß dieses Mannes, der den Druck seiner Hand auf meinem Unterbauch verstärkte und dann ganz langsam einige Zentimeter nach unten strich, knapp unter den Rand meines tiefsitzenden Minirockes. Sein linker Arm legte sich um den oberen Teil meines Bauches, suchte sich unter mein T- Shirt und fuhr nach oben, wo die Hand kurz unterhalb meines Busens innehielt. Eiskalte Angst fuhr mir in den Körper. Ich war bewegungsunfähig, zwei kräftige Männerhände lagen auf meiner nackten Haut und drückten meinen Körper an Brust und Bauch des Mannes, und ich konnte seinen heißen Atem in meinem Nacken spüren. Er atmete schnell und heftig, und mir entrang sich ein Schluchzer. Verzweifelt kaute ich auf dem Knebel, versuchte loszukommen, aber wohin? Ich befand mich in einem Auto, mit mindestens zwei Männern, die eindeutig nichts gutes im Schilde führten. Ich war gefesselt und ihnen ausgeliefert, und selbst, wenn ich mich würde befreien können, was würde das bringen?

Der Mann drückte seinen Unterleib gegen meinen Po, und deutlich spürte ich die Beule unter seiner Hose. Seine rechte Hand wanderte etwas tiefer, kam auf meiner Scham zu liegen, und langsam, ganz langsam, bewegte sie sich tiefer. Ein Finger glitt in meine Spalte und verharrte kurz oberhalb meiner Klitoris. Ich versuchte, nach Luft zu schnappen, wurde aber durch den Knebel daran gehindert, durch den ich zwar atmen konnte, wie ich feststellte, aber nicht genug, um meine Lungen mit der Luft zu füllen, die ich benötigte. Kurz hatte ich das Gefühl, zu ersticken, aber bevor ich deshalb in erneute Panik ausbrechen konnte, berührte der Mann meine rechte Brustwarze. Ganz sanft und zart, und ein Stromschlag schoß von dort bis hinunter zwischen meine Beine. Unwillkürlich zuckte mein Unterleib, meine Klit pochte schmerzhaft, und dann begann die Hand, meine Brustwarte zu streicheln und zu kneten. Mehr Stromschläge schossen durch meinen Körper, mir wurde schwindelig.

Der Mann stöhnte leise und drückte meinen Po fest an die nun deutlich fühlbare Beule zwischen seinen Beinen. Sein Finger drang endgültig ein in meine Spalte und legte sich massierend auf meine Knospe, während er weiterhin meine

Brustwarze bearbeitete. Eine beschämende Erkenntnis durchfuhr mich: Ich war feucht. Ich war erregt. Ich wollte mehr. Oh Gott, wie konnte ich nur?

Der Mann mußte bemerkt haben, was in mir vorging, es war ja nicht zu übersehen, wie erregt ich war. Fest rieb er über meine Klit, und ich bäumte mich auf. Fest kniff er in meine Brustwarze, und ein scharfer Schmerz durchfuhr mich, um dann fast umgehend abgelöst zu werden von einem warmen Prickeln. Seine Hand fuhr zu meiner anderen Brust. Er knetete und massierte, streichelte und kniff, und gleichzeitig rieb er über meine Klit, inzwischen mit zwei Fingern. Spreizte mit zwei Fingern meine Schamlippen und fuhr damit um meine Knospe herum, auf und nieder, und dann drang er mit seinen Fingern in mich ein. Sein Handballen massierte mich weiter, während er tief in mich fuhr und meine dunkle, nasse Höhle erkundete.

Inzwischen ertrug ich es nicht mehr, die Erregung war unerträglich, und dazu kam die Scham über das, was ich fühlte. Meine Augen füllten sich mit Tränen, während meine Erregung stieg und stieg. In meinem Unterleib ballte sich etwas zusammen, eine Energie, die nach Erlösung drängte, es war, als würde ich auf etwas zusteuern, das höher was als der höchste Berg, und ich mußte dahin, würde dorthin gelangen, wenn der Mann nur damit fortfuhr, mich zu reiben. Mein Herz raste und ich hörte den Puls in meinen Ohren rauschen. Gleich, gleich–

„Hör auf damit!" ertönte die Stimme vom mutmaßlichen Fahrer des Fahrzeuges, „Wir sind gleich da."

Die reibenden und massieren Bewegungen des Mannes hörten auf, und ich hätte vor Enttäuschung schreien können. Ich war rastlos, ich brauchte– ja, was? Hart riß ich an den Fesseln, die meine Hände banden. Eine Art Verzweiflung breitete sich in mir aus. Dann plötzlich eine sanfte Berührung an meiner Brustwarze. Heiß durchfuhr es mich. Dann wieder nichts. Wieder diese sanfte Berührung, und wieder dieser Stromschlag, der nach mehr verlangte. Die Hände des Mannes lagen fest auf meiner Brust und zwischen meinen Beinen. Ich pulsierte, ich pochte, aber ich bekam nicht, nach was ich verlangte.

Dann plötzlich fuhr der Mann mit seiner linken Hand an meinem Körper entlang nach unten und legte sie unter meine linke Pobacke, während er seine andere Hand von meiner geschwollenen Knospe weg ebenfalls unter den Po legte. Naß war sie, seine Hand, und kurz überkam mich noch einmal das Gefühl von Scham. Die Hände kneteten meinen Po, ein Finger berührte meinen Anus. Was sollte das denn? Ein leichter Druck, ein Kreisen des Fingers– und dann drang er in mich ein. Ich zuckte zusammen. Dann ein zweiter Finger, von der anderen Hand anscheinend, der ebenfalls in mich eindrang. Es drückte, fühlte sich merkwürdig und ungewohnt an. Die Finger bewegten sich, tief und heftig, dehnten meine Rosette und ließen einen dritten Finger hinein.

Der Druck nahm zu, und ich war mir nicht sicher, ob mir das gefiel, es tat etwas weh, aber gleichzeitig erregte es mich, und ich verlangte wieder nach mehr. Ich machte mich schwer, drückte meinen Po hart auf seine Hände. Eine rasche Bewegung unter mir, und dann plötzlich spürte ich seinen Schwanz in meiner Spalte, heiß und pochend, hart und verlangend. Er drängte gegen meine Klit, während die Finger in meinen Anus stießen, rein und raus, rein und raus, und er bewegte seinen Unterkörper fast unmerklich, rieb sich an mir. Heiße Schauer durchfuhren mich, ich spürte, wie sich eine noch stärkere Erregung in mir sammelte, mein Unterleib begann, rhythmisch zu zucken. Da bog der Wagen ab und holperte über eine Einfahrt. Der Schwanz und die Finger zogen sich zurück, wieder eine schnelle Bewegung unter mir, dann hielt der Wagen an.

Man führte mich eine Treppe hinunter, in einen Keller, wie ich vermutete. Eine Tür öffnete sich, dann gingen wir einen Gang entlang. Unsere Schritte hallten von den Wänden wider. Die Augenbinde hatte man mir immer noch nicht abgenommen, und einer der Männer hielt meinen Arm, während wir immer weiter und weiter gingen. Noch eine Tür. Wärme schlug mir entgegen.

„Ach, da ist sie ja!" ertönte eine Frauenstimme, und die Hand an meinem Arm ließ mich los. Ich stolperte noch einige Schritte weiter, dann blieb ich stehen. Jemand trat vor mich und entfernte Knebel und Augenbinde. Ich blinzelte etwas, meine Augen mußten sich erst einmal wieder an das Licht gewöhnen. Vor mir stand eine Frau Mitte fünfzig, die mich mit einer strengen Autorität anblickte, die keinen Widerspruch zuließ und gleichzeitig eine Freundlichkeit ausstrahlte, die keine Angst meinerseits zuließ. Langsam ließ ich meinen Blick durch den Raum schweifen. Er war fensterlos und auf dem Fußboden und bis etwa Hüfthöhe gekachelt. Eine Wanne schien in den Boden eingelassen zu sein, und ich sah eine Dusche, Toilette, einen Schrank und einige Sitzgelegenheiten.

Bevor ich irgend etwas sagen konnte, nickte mir die Frau zu. „Willkommen!" sagte sie. „Zieh dich bitte aus."

„Wie bitte?" Ich war zu verdutzt, um mehr dazu zu sagen. Jetzt sah ich auch die beiden Männer, die mich hierher begleitet hatten. Sie standen rechts und links der Tür, durch die wir den Raum betreten hatten und waren groß und muskulös. Jeder von ihnen trug eine schwarze Halbmaske, die den oberen Teil ihres Gesichtes verdeckte. Ihre Augen blickten mich forschend an, und ich wurde knallrot. Wer von ihnen war wohl derjenige gewesen, mit dem ich mein Abenteuer auf dem Rücksitz gehabt hatte?

„Nadja!" lenkte die Frau meine Aufmerksamkeit wieder auf sich, und ich zuckte leicht zusammen. „Ich hatte dich aufgefordert, dich auszuziehen!" Ich zögerte nur kurz, warf einen Blick auf das Gesicht der Frau, die eine Augenbraue fragend hochgezogen hatte, und begann zögernd, mich zu entkleiden. Ich spürte die Blicke der Männer auf mir, während ich mich eines Kleidungsstückes nach dem anderen entledigte. Als ich nur noch Slip und BH trug, zögerte ich, aber die Frau machte eine fordernde Bewegung mit der Hand, und ich öffnete den Hakenverschluß meines BHs. Moment mal, hatte die Frau nicht meinen Namen genannt? Mein Kopf fuhr nach oben.

„Woher kennen Sie meinen Namen?" fragte ich etwas verspätet, erhielt als Antwort aber nur ein amüsiertes Lächeln. Ich faltete meinen Slip zusammen, wie ich es gelernt hatte, und legte ihn als letztes auf den Kleiderstapel. Völlig nackt stand ich nun da, und die Frau musterte mich von oben bis unten.

„In die Wanne mit dir!" forderte sie mich auf, und wies mit dem Kopf in richtung der Badewanne. Langsam trat ich auf die Wanne zu, die größer war, als ich vermutet hatte. Ohne weiteres hätten zehn Personen in ihr Platz gefunden. Ich warf noch einen fragenden Blick zu den Männern, die breitbeinig auf ihrem Posten standen, dann noch einen zur Frau, und ging die wenigen Stufen hinunter. Das Wasser war angenehm warm, und ich spürte, wie ich mich entspannte, als es mich umfing. Fragend sah ich die Frau an, die mich lächelnd betrachtete.

Die beiden Männer traten einige Schritte vor. Erschrocken sah ich, daß sie sich entkleideten. Mein Mund wurde trocken, und ich spürte, wie sich Erregung in mir ausbreitete. „Marius und Sven werden Dich waschen." teilte mir die Frau mit und setzte sich auf einen bequem aussehenden Stuhl, von dem aus sie einen guten Blick auf mich hatte. Sie lehnte sich zurück, und ihr Blick wanderte zwischen mir und den Männern hin und her.

Nun wurde mir doch etwas mulmig zumute. Dennoch konnte ich nicht den Blick von den beiden Muskelpaketen lassen, die sich langsam entkleideten. Mein erster Eindruck hatte mich nicht getrogen: Sie hatten breite Schultern, einen kräftigen Brustkorb und eine schmale Taille. Durchtrainierte Arme und Beine, ein flacher Bauch, und– mein Blick blieb zwischen ihren Beinen hängen. Oh Gott, diese beiden Adonisse sollten zu mir ins Wasser steigen und mich waschen??

Sie mußten sich meines Blickes wohl bewußt gewesen sein, denn sie schritten langsam und bedächtig zur Wanne und dann die Stufen hinab zu mir ins Wasser. Automatisch trat ich einen Schritt zurück, fühlte dann aber den Beckenrand in meinem Rücken. Die beiden Männer näherten sich mir. Einer von ihnen griff zur Seite und zauberte einen Schwamm und Seife hervor und begann, meine Schultern einzuseifen, während der andere sich hinter mich schob und gemeinsam mit mir einen Schritt nach vorn tat. Ich spürte seinen Körper an meinem Rücken und schluckte trocken. Dann fühlte ich, wie er meine Hände ergriff und nach oben führte, so daß ich mit ausgebreiteten Armen im Wasser stand.

Ich erschauerte. Automatisch schloß ich die Augen und lehnte mich an den starken Männerkörper hinter mir, währende ich die sanften Berührungen des Schwammes auf meiner Haut genoß. Über meine Arme glitt er, und unter den Armen zurück und meine Seite hinab bis zur Hüfte. Der Bauch. Die Beine. Und dann– oh Gott, das gab mir fast den Rest– sachte rieb der Schwamm mich zwischen den Beinen und reizte mich, bis ich meinte, es nicht mehr aushalten zu können. Meine Umgebung hatte ich vollends vergessen. Ich fühlte, wie sich die Hände, die meine Arme bisher hoch gehalten hatten, auf Wanderschaft begaben; sanft fuhren sie über die Unterseite meiner Arme über meinen Bauch bis zu meiner Hüfte und kamen dann auf meinen Pobacken zum Liegen. Während der Schwamm meine Klitoris reizte, massierten die kräftigen Hände meinen Po.

Zischend sog ich die Luft zwischen meine Zähne ein, ein Lustschauer nach dem anderen fuhr durch meinen Leib. Nur noch einen Moment, und dann–

„Genug!" ertönte die Stimme der Frau, und ich hätte vor Frustration beinahe laut aufgeschrieen, als die Hände, die mich bis eben liebkost und erregt hatten, plötzlich ihr Werk einstellten. Willenlos ließ ich mich aus dem Wasser führen. Meine Beine fühlten sich an, als bestünden sie aus Pudding, und überhaupt fühlte ich eine Schwäche in meinem ganzen Körper, während gleichzeitig eine Energie in mir tobte, die nach Erlösung verlangte. Bevor ich realisierte, was geschah, fand ich mich breitbeinig auf einer Art gynäkologischem Stuhl wieder und wurde von den beiden Muskelmännern festgehalten, während sich die Frau zwischen meinen Beinen zu schaffen machte.

„Wir werden dich jetzt rasieren!" hauchte mir einer der Männer mit rauher Stimme ins Ohr und knabberte kurz an meinem Ohrläppchen.

Ich stöhnte auf. Ich fühlte kühlen Rasierschaum und dann eine scharfe Klinge, die die wenigen Haare abrasierte, die ich mir dort unten zugestand. Für ihren Geschmack waren es wohl trotz allem zu viele gewesen... Meine Schamlippen wurden gespreizt, der Rasierer fand jedes Haar, und ich hatte Mühe, meinen Körper ruhig zu halten, der auf jede noch so zarte Berührung stark reagierte. Es tobte in mir, und ich wußte kaum noch, wie ich mich beherrschen sollte. Eine Augenbinde wurde mir wieder angelegt, und kurz schoß mir durch den Kopf, daß ich eigentlich Angst empfinden sollte. Eine letzte neckische Berührung zwischen den Beinen, und dann half man mir beim Aufstehen. Unsicher auf den Beinen stakste ich vorwärts und war froh, daß starke Arme mich hielten.

Wir verließen den Raum und betraten einen nächsten. Die Atmosphäre war vollkommen anders, ohne daß ich sagen konnte, was es war, das ihn vom ersten unterschied. Man führte mich einige Schritte in den Raum und hieß mich dann, anzuhalten. Etwas wurde um meine Handgelenke gelegt, die nach oben gezogen wurden. Ich konnte gerade noch auf den Füßen stehen. Bewegung um mich herum, dann Schritte, die den Raum verließen. Eine Tür, die sich schloß. Ich blieb allein zurück.

Ich weiß nicht, wie lange ich dort allein blieb. Ich weiß nur, daß sich mein Körper, statt sich zu beruhigen, immer höher peitschte. Ich wußte nicht, was mich erwartete, alles in mir schrie nach Erlösung, und die Erregung, die in den letzten Stunden mehrmals dermaßen angeheizt worden war, quälte mich, brachte mich zum Zucken und zum Stöhnen. Daß ich hilflos gebunden war, heizte alles noch an. In meiner Fantasie malte ich mir aus, was geschehen könnte, aber statt Erlösung brachten diese Gedanken nur noch mehr Qual. Und so versuchte ich, an etwas anderes zu denken. An einen Sprung in Eiswasser zum Beispiel. Ein zugefrorener See. Schneetreiben. Ein Loch im Eis. Reinspringen. Ich erschauerte beim Gedanken daran, und damit hatte mich meine Erregung wieder, die sich in Spiralen immer höher und höher wand.

Endlich hörte ich die Tür wieder und Schritte, die den Raum betraten. Wieviele Menschen waren es? Mehr als zwei oder drei, das war klar. Ich hörte Stimmen und Lachen. Gesprächsfetzen. Musik ertönte. Es war wie auf einer Party. Um mich kümmerte sich niemand. Ich versuchte, Stimmen zu unterscheiden. Erfolglos. Die Musik war zu laut, um näheres erfahren zu können.

Plötzlich eine federleichte Berührung an meinem Bauch. Ich zuckte zusammen, heiße Erregung durchfuhr mich. Hatten sie mich also doch bemerkt! Eine Hand fuhr von meinem Nacken über meinen Rücken hinab. Wieder eine Berührung, diesmal am Bein. Und noch eine, zwischen meinen Beinen. Ich spürte, wie feucht ich war. Es wurden mehr Berührungen, und ich fühlte die Anwesenheit mehrerer Menschen direkt um mich herum. Mein Gesicht wurde zart gestreichelt, mein Hals geküßt. Jemand kniff mich in die Brustwarzen, ein anderer spreizte meine Schamlippen, während gleichzeitig mein Po rhythmisch massiert wurde.

Eine eiskalte Berührung, ein Eiswürfel? Meine Haut glühte, als das Eis eine kalte Spur auf meinem Bauch hinterließ und dann über meine Seite nach hinten, zwischen meine Pobacken und– Himmel, sie steckten mir das eiskalte Ding in den Hintern! Lustvoller Schmerz durchfuhr mich, als sich meine Rosette zusammenzog. Geübte und fordernde Finger rieben meine Klitoris, und an meinen Brustwarzen wurde gezogen, bis ich glaubte, ohnmächtig zu werden. Es rauschte in meinen Ohren, ich verlor jeden Bezug zur Realität. Heiße, nackte Körper an meinem, unzählige Hände, die mich streichelten, reizten, kniffen und massierten.

Längst hatte ich aufgegeben, sie zählen zu wollen. Ich stöhnte, zuckte, und in mir braute sich eine Entladung zusammen, wie ich es noch nie gespürt hatte. Ich war nur noch Gefühl und Instinkt, fühlte den heißen Schwanz in meiner Spalte, drängte mich ihm entgegen, während mich andere Körper und Arme umfangen hielten und Hände mich erforschten. Ein harter Stoß, und er war in mir, und ich kam. Ich explodierte und zerfiel in tausend Scherben. Ich schrie auf und kam noch einmal, zuckte und fühlte, wie meine Hände niedersanken. Ein Feuerwerk von Farben und Gefühlen erfüllte mich, wie ich es noch nie erlebt hatte, und dann erfaßte mich eine wohltuende Schwäche und Mattheit. Meine Beine gaben unter mir nach, und ich wurde aufgefangen und gehalten. Jemand entfernte die Augenbinde, und verschwommen sah ich sie. Es waren mindestens drei, und sie lächelten mich an und gaben dann den Blick frei zur Wand, auf der ein großes, buntes Plakat befestigt war, auf dem in großen Buchstaben stand: „Happy Birthday, Nadja!"

V. Im Freien dominiert

Letzte Woche, ich glaube, es war am Mittwoch, hatte ich überraschenderweise schon um 13 Uhr Feierabend, da mein Chef noch zu einer Besprechung mußte und mich deshalb im Büro nicht mehr benötigte. Sofort rief ich meinen Freund an, um ihm die freudige Nachricht zu überbringen. Natürlich freute er sich ebenso wie ich mich, da wir eine sehr innige Beziehung haben und über jede Minute froh sind, die wir gemeinsam verbringen können. Ich setzte mich also in mein Auto, und keine 15 Minuten später war ich auch schon zuhause. Als ich die fünfzig Meter von meinem Auto zum Haus hinunterging, kam es mir irgendwie komisch vor, daß er mich jetzt nicht einmal begrüßen kam, obwohl er sich doch schon so auf mich gefreut hatte.

Auf halbem Weg zum Haus läutete plötzlich mein Handy – Dominik war dran. Leicht mürrisch hob ich ab und fragte ihn, wo er denn sei. Er sagte nur: „Stell deine Sachen auf die Terrasse, dann geh auf die Wiese, dort liegt eine Decke, dann ruf ich dich wieder an." Leicht irritiert kam ich seinem Wunsch nach, stellte meine Tasche ab und ging wie befohlen auf die Wiese – was ich dort vor mir liegen sah, machte mich jedoch sofort ein bißchen kribbelig: Er hatte eine große, angenehm weiche Decke mitten auf der Wiese ausgebreitet, und darauf lag ein dunkelroter Seidenschal, mein Lieblingsvibrator und unsere lila Analkette.

„Das kann doch wohl nicht dein Ernst sein, ich komme gerade von der Arbeit!" rief ich über das Grundstück, da ich annahm, daß er sich irgendwo versteckt hielt. Ich muß vielleicht dazu sagen, daß wir sehr abgeschieden im Wald wohnen, kein Nachbar weit und breit.

Da läutete auch schon wieder das Telefon. „Mir gefällt zwar dein kurzes Sommerkleidchen sehr, jetzt ziehst du es jedoch aus und legst dich auf die Decke!" befahl er mir. „Und ich möchte, daß du dein Handy ab sofort auf Lautsprecher schaltest. Du wirst deine beiden Hände brauchen. Und ich will kein Wort mehr von dir hören – folge einfach meinen Anweisungen" fügte er noch hinzu. Ich blickte mich instinktiv um, sah ihn aber nirgends – anscheinend hatte er sich einen gut geschützten Ort gesucht, von wo aus er mich beobachten konnte. Das hatte ich nun davon, daß ich ihn vor einiger Zeit einmal auf ein Buch angesprochen hatte, das mir irgendwie gefiel, da es darin um Unterwerfung und ähnliches ging, das mich aber auch gleichzeitig ein bißchen über meine eigenen Gedanken hatte erschrecken lassen!

Ich ließ also mein Kleidchen zu Boden gleiten und setzte mich nur noch mit meinem kleinen Slip bekleidet auf die Decke – BH trage ich sowieso nie, deshalb spürte ich die warmen Sonnenstrahlen nahezu auf meinem gesamten Körper. Da klingelte es auch schon wieder. „Und was soll ich jetzt machen?" antwortete ich, ohne die Frage abzuwarten. „In erster Linie hab ich dir gesagt, daß ich kein Wort mehr hören will!" herrschte er mich an.

Leicht eingeschüchtert erinnerte ich mich daran, daß ich ja mein Handy auf Lautsprecher hatte stellen sollen, was ich auch sofort tat, in der Hoffnung, Dominik hätte nicht gemerkt, daß ich dies bisher versäumt hatte. „Sicher beobachtet er mich", dachte ich mir allerdings sogleich. „Wie du siehst, hab ich dir ein paar deiner Lieblingsspielzeuge auf die Decke gelegt" tönte es nun aus dem Lautsprecher. „Ich möchte, daß du dich auf den Rücken legst, deine Höschen abstreifst und den lila Vibrator zur Hand nimmst." Ich war mir nicht ganz sicher, was gerade in meinem Hirn beziehungsweise in meinem Körper vor sich ging, ganz unwohl fühlte ich mich dabei allerdings nicht. Instinktiv wollte ich schon fragen, was ich als nächstes tun sollte, da kam auch schon die neue Anweisung: „Nimm das schöne Teil kurz in deinen Mund, befeuchte es ein bißchen und laß es anschließend zwischen deine hübschen Schenkel gleiten" forderte mich Dominik auf. Daß ich mittlerweile den Vibrator eigentlich gar nicht mehr hätte befeuchten brauchen, verschwieg ich, andererseits wollte er ja sowieso, daß ich kein Wort von mir gab.

Also tat ich, wie mir geheißen und begann automatisch mit den mir durchaus vertrauten Bewegungen. Nach einer Weile hatte ich total vergessen, daß mein Freund ja immer noch am Telefon war – anscheinend genoß er den Anblick von seinem Versteck aus und ließ mich gewähren. „So, jetzt hör auf damit, setz dich auf und verbinde dir mit dem Schal die Augen!" riß mich seine Stimme aus meiner aufkommenden Erregung. Obgleich ich mich auf dem Grundstück in einer absolut sichtgeschützten Lage befand, war mir nicht ganz wohl dabei, auf einen meiner Sinne verzichten zu müssen. Verärgern wollte ich Dominik aber auch nicht, und insgeheim begann mir das ganze Spielchen richtig zu gefallen. Also legte ich den Seidenschal eng zusammen und verband ihn hinter meinem Kopf. Wwas für ein Gefühl, so splitternackt auf der Wiese, feucht zwischen meinen Beinen und dann nur die Anweisungen übers Telefon!

„Knie dich hin und führ dir die Kette ganz langsam in deinen Po – die letzten zwei Kügelchen laß jedoch noch draußen!" Zumindest soweit hatten wir uns ja auch schon gemeinsam vorgewagt – wenn auch im Bett und meistens bei gedimmtem

Licht. Ich ließ also die lila Kette einmal durch meine feuchte Spalte gleiten, damit sie ein bißchen angefeuchtet war, und anschließend führte ich sie mir, Kugel um Kugel, immer weiter in meinen Anus ein. Dominik wußte genau, was er da von mir verlangte – er wußte, daß ich daraufhin noch erregter sein würde, und genau das trat auch ein. „Jetzt geh auf alle Viere und bleib so" hörte ich seine Stimme, die mittlerweile in weite Ferne gerückt war.

Kurz hatte ich noch einmal einen Gedanken an meine derzeitige Körperhaltung und alles rundherum verschwendet, dann jedoch war ich nur noch gespannt, wie es wohl weiter ging.

Ich habe ehrlich gesagt keine Ahnung, wie lange ich in dieser Position ausharren mußte – plötzlich fühlte ich Dominiks Zunge von hinten an meiner Vagina! Gleichzeitig hob er den Rest der Kette ein bißchen in die Höhe, um freien Zugang zu meinem feuchten Allerheiligsten zu bekommen. Automatisch zuckte ich zusammen. Er hatte sich anscheinend ganz langsam an mich herangeschlichen, ohne daß ich auch nur das leiseste Geräusch vernommen hatte.

Da kam mir auf einmal der Gedanke, daß ich gar keine Ahnung hatte, ob es sich bei meinem Lover gerade um meinen Freund oder um jemand anderen handelte. Womöglich hatte Dominik einen Bekannten eingeladen, um zuzusehen, wie ich befriedigt wurde – was sollte ich tun? Ich ergab mich allerdings ziemlich schnell meinem Schicksal – schließlich wollte er es so, und was sollte ich auch dagegen unternehmen? Auf keinen Fall wollte ich mir meine Augenbinde herunterreißen und die ganze Spannung damit zerstören.

In diesem Augenblick hörte die Zunge an meiner Hinterseite auf, ihren Dienst zu verrichten und war verschwunden. Allerdings keine fünf Sekunden später bekam ich einen voll erigierten Schwanz in den Mund geschoben. Sofort war mir

klar, daß es sich dabei nur um meinen Freund handeln konnte
– ich hatte ihm mittlerweile schon oft mit meinem Mund Lust
verschafft, deshalb gab es für mich keinen Zweifel, daß ich
seinen Schwanz im Mund hatte, was mich auch, ehrlich gesagt,
ein bißchen beruhigte. Dominik nahm meinen Kopf zwischen
seine Hände und drang so tief in meinen Mund ein, daß ich
würgen mußte. Davon ließ er sich allerdings nicht beein-
drucken und stieß noch vier oder fünfmal in meinen Mund,
so tief es ging. Gerne wollte ich ihn mit einem Deep Throat
verwöhnen, soweit war ich allerdings leider noch nicht. Durch
sein Handeln fühlte ich mich einerseits benutzt, andererseits
aber auch total erregt – ich wollte ihn eigentlich nur noch in
mir fühlen!

Dominik hatte aber anscheinend andere Pläne mit mir. Ich
spürte, daß sich etwas an meinem Hintertürchen regte, und
keine Sekunde später fühlte ich, wie sich die letzten zwei
Kugeln der Analkette den Weg ins Dunkle bahnten. Daß sich
zeitgleich auch seine Zunge wieder an meiner Spalte befand,
bekam ich im ersten Augenblick gar nicht mit. Dominik
spreizte mir etwas die Beine und schob sich unter mir vor
bis zu meinen Brüsten. Sofort nahm er meine bereits harten
Nippel zwischen Daumen und Zeigefinger und begann damit,
Druck auszuüben indem er sie abwechselnd hin und her zwir-
belte oder daran zog! Das machte mich umso schärfer, da ich
immer schon sehr erregbare Nippel hatte.

Ich hatte mittlerweile jedes Zeitgefühl verloren, die ganze
Szenerie konnte fünf Minuten dauern oder aber eine Stunde,
ich hatte absolut keine Ahnung. Ich wußte nur, daß ich so erregt
war wie schon lange nicht mehr! Unterdessen kam Dominik
wieder unter mir vor und stellte sich vor mich. Ich bekam
wieder seinen steinharten Schwanz in den Mund geschoben,
diesmal allerdings zärtlicher und nicht so tief, so daß ich mich

sofort darauf konzentrieren konnte, ihn zu verwöhnen. Ich merkte, daß seine Eichel auch schon sehr feucht war, und ich kannte meinen Freund – lange würde er dieses Spiel nicht mehr durchhalten. Und in dem Moment, als ich mir das dachte, fühlte ich auch schon seinen Samen aufsteigen, und ein heißer Strahl ergoß sich in meinen Mund. Normalerweise beendete ich meine orale Befriedigung bei ihm immer auf eine andere Weise, diesmal jedoch war ich so erregt, dass es mir absolut nichts ausmachte, daß er mir seine ganze Ladung in den Mund spritzte, so daß ich mehrere Male schlucken mußte, um nicht die Hälfte aus meinem Mund gleiten zu lassen.

Ich genoß es richtig und war auch ein bißchen stolz darauf, daß ich ihm schlußendlich mit meinem Mund zum Orgasmus gebracht hatte. Gleichzeitig allerdings überkam mich auch ein Gefühl der Leere, da ich selbst ja noch nicht den Gipfel erreicht hatte und ich genau wußte, daß, sobald mein Freund einmal gekommen war, für die nächste Zeit Schluß sein würde.

Da hatte ich allerdings die Rechnung ohne ihn gemacht! Sofort als ich sein bereits erschlaffendes Glied aus meinem feuchten Mund entließ, drehte er mich auf den Rücken und entfernte mir mit einem raschen Ruck die Analkette aus meinem Po. Und dann begann der Teil, nach dem ich mich schon so gesehnt hatte: Mit festen Zungenschlägen fing Dominik an, mir hart über meine Klit zu lecken, genauso, wie ich es gern hatte! Und auf einmal fühlte ich auch etwas Größeres an meiner Rosette – anscheinend hatte er noch einen Plug mitgenommen, den er mir nun unter weiteren Zungenschlägen langsam in meinen Anus einführte. Dadurch, daß sich mein Po zuvor schon an die Kette gewöhnt hatte, ging es sehr leicht, obwohl ich mir um einiges ausgefüllter vorkam als zuvor.

Dominik kannte mich anscheinend besser, als ich dachte – genau in dem Moment, in dem ich drauf und dran war, den

Gipfel meiner Lust zu erreichen, stoppte er mit seinen Zärtlichkeiten. Wieder nahm er mich mit seinen Händen und drehte mich spielerisch auf den Bauch. Im gleichen Moment entfernte er den Plug aus meinem Po, und ich fühlte, daß er nun an seiner statt seinen inzwischen wieder zu beachtlicher Größe gewachsenen Schwanz an meiner Rosette ansetzte – und siehe da, ohne Probleme konnte er in mich eindringen. Zuerst nur mit seiner Eichel – er spielte ausgiebig, ließ seinen Schwanz immer wieder rein und raus gleiten, dadurch entspannte ich mich immer mehr, und mit einem Mal war er ganz in mir. Wow, was für ein Gefühl! Ich hätte nie gedacht, daß ich es einmal so genießen würde, anal penetriert zu werden.

Und als wenn er meine Gedanken lesen konnte, entfernte mir Dominik meine Augenbinde, da er anscheinend genau wußte, daß ich mich nur komplett entspannen konnte, wenn ich auch etwas sehen würde. Gleichzeitig legte er mir meinen Vibrator in meine Hand und flüsterte mir ins Ohr: „Es würde mich wahnsinnig scharf machen, wenn du es dir gleichzeitig selbst machst – und ich glaube, du willst es auch!" Das war der Hammer – sofort startete ich mein Lieblingsprogramm und drückte mir den vibrierenden Freudenspender an meine triefend nasse Spalte.

Dominik stieß mittlerweile immer stärker in meinen Anus, und dadurch, daß ich auch noch die Vibrationen vorne eigenhändig steuern konnte, explodierte ich umgehend in einem solchen Orgasmus, daß mir kurzzeitig schwarz vor Augen wurde. Daß meinem Freund das gesamte Prozedere auch gefiel, fühlte ich umgehend, da er sich mit einigen schnellen, tiefen Stößen in mir entlud und ich mir richtiggehend überflutet vorkam.

Er blieb noch einige Zeit auf meinem Rücken liegen und ich fühlte, wie sich sein Schwanz langsam aus meinem Po zurückzog. Er stand auf, nahm mich an der Hand und Hand in Hand gingen wir zu unserem großen Teich, um uns gegenseitig ein wenig zu säubern. Daß mir dabei sein Samen aus dem Po über die Innenseite meiner Oberschenkel zu rinnen begann, störte mich nicht im geringsten.

Als wir gemeinsam im Wasser standen und ich meine Beine um ihn schlug, konnte ich nicht anders, als ihm ins Ohr zu flüstern: „Mein Schatz, in Zukunft darfst du mich in jeder Situation beherrschen, so wie du willst, das weißt du doch, oder?" Und indem er mich ein bißchen enger an sich heran zog und mit einem seiner Finger einen leichten Druck auf meine gedehnte Rosette ausübte, sagte er nur: „Das hab ich doch auch schon vorher gewußt, mein Kleine…"

VI. Eine heiße Einkaufstour

Stirnrunzelnd blickte ich in meinen Schuhschrank. Es war ganz klar an der Zeit, daß ich mir neue Schuhe zulegen sollte. Ich zögerte nur kurz. Warum nicht jetzt gleich? Ich war schon länger nicht mehr mit Markus spazieren gewesen. Ich lächelte. Heute würde ich mir etwas ganz besonderes gönnen!

„Markus!" rief ich ihn, und prompt kam er aus der Küche gestürzt. Wohlgefällig sah ich ihn an, wie er auf mich zukam. Nackt bis auf die geblümte Schürze, die ihm bis zur Mitte der Oberschenkel reichte. Kräftig war er, und der Kochlöffel stand ihm richtig gut. Mein Appetit regte sich. Da könnte ich doch gleich… „Komm her!" befahl ich ihm, und gehorsam näherte er sich mir.

Als er direkt vor mir stand, nahm ich ihm den Kochlöffel aus der Hand, legte ihm meinen linken Arm um den Hals und fuhr ihm mit dem Kochlöffel in der rechten Hand sanft über den Rücken. Von den Schultern hinab bis zum Steißbein. Ich spürte, wie sich seine Muskeln anspannten und holte aus, um ihm mit dem Löffel kräftig auf den Hintern zu schlagen. Nur leicht zuckte er zusammen, und so holte ich noch einmal aus und klatschte ihm den Kochlöffel kräftig auf die andere Pobacke. Ich spürte, wie sich seine Schürze vorne ausbeulte und fühlte selbst Erregung in mir aufsteigen. Geschwind drehte ich den Kochlöffel in meiner Hand, so daß nun der Stiel auf seinem Hinterteil zu liegen kam, und bewegte ihn vom Rücken aus in die Spalte seines Pos. Sanfter Druck, und ganz langsam fuhr ich tiefer, verstärkte den Druck. Es zuckte unter dem Holzstiel, und ich verstärkte den Druck meiner Hand. Als Markus die Luft zischend einsog, wußte ich, daß ich an der richtigen Stelle war und veränderte den Winkel des Kochlöffels, so daß er ein kleines Stück eindrang in seine Rosette. Der Holzstiel zuckte, und die Beule zwischen seinen Beinen wuchs. Reglos stand er da, genau, wie ich es ihm beigebracht hatte, und langsam, ganz langsam, ließ ich den Stiel tiefer eindringen in sein Hinterteil. Nun stöhnte er laut, und auch ich spürte, wie ich feucht wurde zwischen den Beinen. Während ich mit dem Stiel kleine rotierende Bewegungen vollführte, griff ich mit der anderen Hand grob unter die Schürze und umfaßte seine erstarkte Männlichkeit. Hart und heiß lag er in meiner Hand, und ich zog mehrfach kräftig daran, um danach mit zärtlicheren Liebkosungen fortzufahren.

Inzwischen hatte Markus die Augen geschlossen und atmete stoßweise. Seine Eichel wurde feucht. „Zieh dir deine neue Hose an!" flüsterte ich ihm ins Ohr, „wir gehen jetzt spazieren!" Ruckartig entfernte ich den Kochlöffel aus seinem Anus und zog mich von ihm zurück.

Mit verschleierten Augen blickte er mich an, fragend und verständnislos.

„Los jetzt!" fuhr ich ihn an, „Oder hörst du schlecht? Muß ich Dir erst Gehorsam beibringen?!" Das brachte Bewegung in ihn, und er eilte in sein Zimmer. Dennoch würde es nicht schaden, gewisse Lektionen zu wiederholen. Das Training auf der Straße hatte sich bisher immer als nützlich erwiesen.

Gut gelaunt begab ich mich in mein Zimmer und zog mich um. Top mit Bluse und kurzer Rock. Mit nichts drunter als meiner frisch rasierten, eingeölten und erhitzten Haut. Die Stiefel würde Markus mir anziehen dürfen, das war von Anfang an seine Aufgabe gewiesen.

Ich saß bereits auf dem Stuhl im Flur, als er aus seinem Zimmer kam. Er trug die Kleidung, die ich ihm letzte Woche zum Ausgehen geschenkt hatte: Ein kariertes Holzfällerhemd, dessen Ärmel er hochgekrempelt hatte, und die knackig an seinem Po sitzende Jeans mit eingenähtem Dildo. Entsprechend steifbeinig ging er, denn der Dildo war neu und eine Nummer größer als diejenigen, die wir vorher verwendet hatten.

„Zieh deine Jeans aus und noch einmal an!" befahl ich ihm. „Dreh dich um! Ich will Dein Hinterteil dabei sehen!"

Gehorsam drehte Markus sich um und öffnete seine Jeans, um sie über den Po zu ziehen. Es dauerte einen Moment, bis er den Dildo entfernt hatte. Die Jeans rutschte an seinen Beinen hinunter und blieb um seine Fußgelenke liegen.

„Beug dich vor!" befahl ich ihm, stand auf und näherte mich ihm. Mit beiden Händen umfaßte ich seine noch von den Schlägen geröteten Pobacken und drückte kräftig zu. Das fühlte sich gut an! Dann trat ich einen Schritt zurück. „Anziehen!" befahl ich ihm. „Aber langsam! Ich will alles genau sehen!"

Es ging mir dann fast zu langsam, denn ich konnte es nicht erwarten, zu sehen, wie er diesen großen Dildo in sich aufnahm. Schon wieder erfaßte mich Erregung. Bevor Markus den Dildo fassen und einführen konnte, griff ich mit einer Hand danach und spreizte mit der anderen seine Spalte. Es gab einen kurzen Widerstand, dann drang der Dildo einige Zentimeter tief ein. Noch einmal verstärkte ich meinen Druck, und er verschwand bis zum Anschlag in seinem Po. Markus wartete, bis ich ihm die Erlaubnis gab, die Jeans zu schließen.

Ich sah an seiner Haltung, wie ungewohnt es für ihn war, diese enge Jeans zu tragen, ganz zu schweigen von diesem Riesending in seinem Hintern, aber mir gefiel es so. Ich setzte mich wieder auf den Stuhl und befahl Markus, mir meine schwarzen Lackstiefel anzuziehen. Er ging vor mir auf die Knie, so gut es eben für ihn ging, und zog mir mit geübten Griffen die Stiefel an. Bevor er sich mit der Schnürung beschäftigen konnte, sagte ich: „Linke Hand unter meinen Rock zwischen meine Beine! Du schnürst die Schuhe mit der rechten Hand und deinen Zähnen!"

Erschrocken sah er mich an. So etwas hatte ich noch nie von ihm verlangt. Zufrieden lächelnd lehnte ich mich zurück und spreizte meine Beine etwas, so daß er die feuchte Stelle zwischen meinen Beinen gut erreichen konnte. Seine Hand wanderte langsam an der Innenseite meiner Oberschenkel hinauf und verharrte kurz, als er registrierte, daß ich keinen Slip trug. Dann fühlte ich seine Finger an meiner intimsten Stelle und konnte einen Seufzer nicht unterdrücken. „Massieren!" preßte ich zwischen den Zähnen hervor, und Markus Finger liebkosten mich, so wie ich es am liebsten mochte. Ich fühlte, wie ich noch viel feuchter wurde.

„Halt!" gebot ich ihm. „Laß Deine Finger genau da, wo sie sind, und schnüre mir jetzt meine Stiefel zu!" Na, da war ich ja mal gespannt. Die Lackstiefel waren kniehoch. Da waren eine Menge Ösen zu schließen! Aber Markus stellte sich gar nicht so schlecht an. Schneller, als ich es erwartet hatte, waren beide Stiefel ordentlich verschnürt. Jetzt waren wir fast ausgehfertig. Markus erhob sich und sah mich abwartend an. Ich griff nach der Leine, die an der Garderobe hing und legte ihm das Halsband an. Es war aus rotem Leder, an dem eine ebenso rote Leine zu einem Armband führte, das ich nun um mein linkes Handgelenk befestigte. Ich griff nach Handtasche und Hausschlüsseln, und dann konnten wir los.

Bis zu meinem Lieblingsschuhgeschäft waren es etwa zehn Minuten zu Fuß. Da die Sonne schien, entschloß ich mich, einen kleinen Umweg durch den Park zu gehen. Um diese Uhrzeit war dort nicht allzu viel los, nur wenige Spaziergänger waren unterwegs, und die wenigen, die uns begegneten, beachteten uns gar nicht. Schade eigentlich, ich hätte die Blicke genossen, wenn sie das Halsband und die Leine gesehen hätten. Na, spätestens im Schuhgeschäft würde das anders werden. Markus ging brav an meiner linken Seite. Ich genoß die wärmenden Sonnenstrahlen und den gefügigen Mann neben mir. Dennoch würden einige Gehorsamsübungen nicht schaden.

„Steh!", befahl ich ihm und löste das Armband von meinem Handgelenk. „Und bleib!" Dann ging ich allein weiter. Nach etwa zehn Metern blieb ich stehen und drehte mich um. Markus hatte den Blick auf mich gerichtet und verfolgte aufmerksam, was ich tat.

„Sitz!" befahl ich ihm, und er ging ohne zu zögern in die Knie. Erfreut nickte ich. „Leg dich auf den Bauch!" fuhr ich fort, und er legte sich auf den Bauch. „So ist das gut!" lobte ich ihn. „Auf alle Viere mit Dir und komm her!" Und Markus erhob sich und krabbelte gehorsam zu mir.

„Sehr schön!" lobte ich ihn und tätschelte seinen Kopf. „Dafür darfst du mich einmal lecken!" Ich stellte mich breitbeinig hin, und Markus hob seinen Kopf unter meinen Rock.

Ich stöhnte auf, als seine feuchte Zunge mich rhythmisch leckte. Heiße Erregung durchfuhr mich.

„Genug!" riß ich mich los, und Markus ließ sofort von mir ab. An seinen geröteten Wangen und dem keuchenden Atem sah ich, daß auch er kurz vor der Explosion stand. Aber noch war es nicht so weit!

Ich legte mir das Armband wieder an und ließ ihn einige Meter neben mir auf Händen und Knien zurücklegen, bevor ich ihm erlaubte, sich wieder aufzurichten. Ein Seitenblick auf ihn offenbarte, daß seine Jeans vorne ziemlich ausgebeult war.

Grinsend griff ich nach seinem Po und übte kräftigen Druck auf den Dildo aus. Damit hatte Markus nicht gerechnet. Fast ging er in die Knie, fing sich aber schnell wieder und warf mir einen so glutvollen Blick zu, daß ich beinahe die Fassung verloren hätte.

Ich war noch nie mit Markus an der Leine einkaufen gegangen, und er hatte nicht damit gerechnet, daß ich ihn mit in ein Geschäft nehmen würde. Er zögerte, als ich den Laden betreten wollte, und sah mich verunsichert an. Ich mußte einmal kräftig an der Leine rucken, damit er mir folgte. Die Verkäuferin machte große Augen, als sie uns beide sah, kam dann aber auf uns zugeeilt, um uns zu fragen, ob sie uns helfen könne. Ich erklärte ihr, daß ich neue Stiefel bräuchte. Schwarze Lederstiefel, die bis über die Knie gingen. Mit Schnürung. Sie nickte und ging los, um mir zwei Paar zu Auswahl zu holen.

Ich ließ mich in den bequemen Sessel sinken und wies Markus mit der Hand an, neben mir auf dem Boden platz zu nehmen. Scheu betrachtete die Verkäuferin Markus, als sie die Stiefel vor mich hin stellte.

„Danke, wir kommen jetzt allein zurecht!" beschied ich sie, und sie verschwand raschen Schrittes zwischen den Regalen.

„Soll ich...", fragte Markus zögernd, und ich nickte. Mit geschickten Händen löste er die Verschnürung an meinen Stiefeln, während ich mich etwas anders setzte, so daß mein ohnehin kurzer Rock noch höher rutschte. So, wie Markus vor mir kniete, hatte er jetzt freien Blick zwischen meine Beine, und er schluckte hörbar, als er einen Blick genau dorthin warf. Röte überzog sein Gesicht bis hoch zum Haaransatz, und ich konnte nicht anders, ich mußte es auf die Spitze treiben. Er hatte mir die Overkneestiefel gerade angezogen und verschnürt, als ich den Laden mit einem raschen Blick kontrollierte. Niemand zu sehen.

„Du darfst mich jetzt lecken!" teilte ich ihm mit. Er zuckte zusammen. Er konnte nicht ahnen, ob uns jemand dabei zusah, denn er kniete mit dem Rücken zu den Regalen und der Eingangstür. Ich öffnete meine Beine noch ein wenig mehr und wiederholte etwas energischer: „Du darfst mich jetzt lecken!"

Nun zögerte er nicht mehr, sondern vergrub seinen Kopf zwischen meinen Beinen und leckte mich, bis mir fast Sehen und Hören verging. „Genug!" preßte ich hervor. Nicht, daß tatsächlich noch jemand kam und uns bei unserem Spielchen zusah. Heiß pochte es zwischen meinen Beinen, und ich wußte, daß es Markus nicht anders erging. Ich stand auf und ging probehalber einige Schritte. Begutachtete mich im Spiegel. Ja, die Schuhe waren perfekt. Ich würde sie gleich anbehalten.

Mit Markus an der Leine ging ich zur Kasse und bezahlte. Dann verließen wir den Laden und gingen heimwärts. Ich konnte es kaum erwarten, ihn mir dort richtig vorzunehmen und alle Spannung und Erregung abzubauen, die sich in mir aufgebaut hatte.

VII. Rollenwechsel

Unsere Gläser klangen hell, als wir auf die vergangene Woche anstießen. „Und nun, mein Liebling", Markus´ Augen funkelten mich an, „bin ich an der Reihe!"

Ich lächelte. Das war unsere Abmachung gewesen, ja. Letzte Woche war er mein Sklave gewesen, diese Woche würde ich die seine sein. Ich spürte, wie sich Erregung in mir ausbreitete. Was er sich wohl für mich ausgedacht hatte? Erwartungsvoll sah ich ihn an.

Er schmunzelte. „Ich denke, wir gönnen uns heute einen gemütlichen Fernsehabend."

Wie bitte, hatte ich richtig gehört? Fernsehabend? Hätte er sich nicht etwas spannenderes aussuchen können für meinen ersten Abend? Meine Enttäuschung muß sich wohl auf meinem Gesicht gespiegelt haben, denn plötzlich grinste er mich sardonisch an. Und dieses Grinsen zeigte mir, daß es mit diesem gemütlichen Fernsehabend etwas mehr auf sich hatte, als ich im ersten Moment geahnt hatte. Und tatsächlich forderte er mich dann auf, mich zu entkleiden. Er habe etwas anderes zum Anziehen für mich, teilte er mir mit, und so begab ich mich ins Bad und zog mich aus, wobei ich mich noch mit einem kurzen Blick vergewisserte, daß kein Haar meine Scham verunzierte.

Als ich das Wohnzimmer betrat, saß Markus bereits auf dem Sofa und wartete auf mich. Nur der Schein einiger Kerzen und das Feuer des Kamins erhellten den Raum. Sein Blick folgte mir, als ich auf ihn zuging, und unwillkürlich zogen sich meine Bauchmuskeln vor Aufregung zusammen.

„Hier, zieh diese Strümpfe an!" forderte er mich auf. Es waren halterlose Strümpfe, wie man sie zu Strapsen trug, und fragend sah ich ihn an. Wo war der Strapshalter? Wieder grinste Markus, als er meinen Blick bemerkte, und so zog ich die Strümpfe an, während er mich dabei betrachtete. Langsam rollte ich sie an meinen Beinen hoch. Erst links, dann rechts. Natürlich hielten sie nicht an den Oberschenkeln, aber bevor ich etwas sagen konnte, hakte Markus Strapshalter in den Spitzenbund der Strümpfe, jeweils einen vorn und hinten- und griff dann an meinen Schamlippen, um die Bändchen dort mit Klammern zu befestigen!

Ich schnappte nach Luft. Damit hatte ich nun sicher nicht gerechnet! Die Klammern zwickten, aber nicht so, daß es schmerzte. Die Strümpfe strafften die Bändchen und spreizten meine Schamlippen auf diese Weise, und zogen sie gleichzeitig nach unten. Was für ein aufregendes und neues Gefühl! Ich fühlte, wie ich feucht wurde. Sanft fuhr Markus mit dem Zeigefinger durch meine Spalte und massierte kurz meine Klit. Erregung breitete sich in mir aus. Unerwarteterweise griff Markus nach meinen Handgelenken, und ehe ich mich versah, hatte er mir Handschellen angelegt.

„Sehr schön!" sagte er zufrieden, und dann wandte er sich ab, griff nach der Fernbedienung und schaltete den Fernseher an. „Hier ist übrigens dein Platz, meine Liebe!" Er wies neben das Sofa auf den Fußboden. Dort lag eine Decke auf dem Boden, wie man sie vielleicht einem Hund hingelegt hätte. Mir dämmerte etwas. Aber bevor ich reagieren konnte, fügte Markus hinzu: „Komm her, ich möchte Dir noch Dein Halsband anlegen."

Ich näherte mich ihm, und auf einen Fingerzeig von ihm kniete ich mich vor ihn. Ein breites Lederhalsband war es, das er mir um den Hals legte, und als er es verschlossen hatte, löste er meine Haare, damit sie frei auf meine Schultern fielen. „Besser", sagte er zufrieden. „Und jetzt auf Deinen Platz!"

Inzwischen hatte ich doch etwas weiche Knie bekommen. Dies war das erste Mal, daß ich gefesselt war, auch wenn es sich nur um weich gepolsterte Handschellen handelte, aber ich konnte auch nicht umhin, festzustellen, daß es mich erregte, Markus derart ausgeliefert zu sein. Gehorsam begab ich mich zu dem mir zugedachten Platz und setzte mich auf die Decke. Der Kamin wärmte mich, während ich wartete.

Markus beachtete mich überhaupt nicht mehr. Er schien vollkommen in den Film vertieft zu sein. Ich jedoch konnte mich überhaupt nicht auf die Handlung konzentrieren. Ich war erregt, ganz klar, und auch etwas verunsichert. Meine Gedanken gingen auf Wanderschaft. Und so zuckte ich erschrocken zusammen, als ich Markus´ Hand auf meinem Nacken spürte. Er streichelte meine Schultern und fuhr mit der Hand hinab zu meinen Brüsten und massierte leicht eine meiner Brustwarzen. Ich stöhnte auf. Es fühlte sich gut an! Meine Erregung stieg, und ich wollte mehr. Da zog er seine Hand wieder zurück und versank wieder vollständig in der Handlung des Films. Ich war vergessen und hatte Mühe, meine Erregung zu zügeln und in den Griff zu bekommen. Ich lehnte meinen Kopf an das Sofa. Wann würde er mich wieder berühren? Unruhig rutschte ich hin und her. „Leg dich hin und gib Ruhe!" ermahnte mich Markus.

Der hatte gut reden! Das war Absicht, da war ich mir sicher! Dennoch legte ich mich gehorsam hin.

„Die Hände vor deinen Körper! Ich möchte nicht, daß du dich selbst berührst!" sagte er, und ich stöhnte auf. Genau das hatte ich gerade in Erwägung gezogen.

Ich lag auf der Seite, die Hände vor mir, so daß sie meinen Körper nicht berührten. Ich zappelte, konnte einfach nicht still liegen. Wieder Markus´ Hand, diesmal auf meinem Bauch. Sie wanderte tiefer. Ich wand mich, bog mich ihm entgegen, so gut es ging, um sie zwischen meinen Beinen zu fühlen, aber er neckte mich, indem er kurz meine Schamlippen berührte und mich dann an der Innenseite meiner Oberschenkel streichelte. Meine Beine zuckten etwas, und die Klammern an meinen Schamlippen zwickten. Es war ein süßer Schmerz, der sich ausbreitete und meine Erregung anstachelte. Und dann zog er seine Hände wieder zurück und widmete sich ganz dem Film.

Frustriert und hochgradig erregt lag ich auf der Decke. Alles in mir prickelte, pulsierte, pochte. Markus´ Hand auf meinem Kopf. Er tätschelte mich, wie man einen artigen Hund streichelte, der sich neben dem Sofa zusammenrollt.

Ein kleiner Schrei der Entrüstung entrang sich mir, und Markus fragte: „Ist irgend etwas?". Dabei sah er mich so ernst an, daß ich fast glauben konnte, er ahnte nicht, was in mir vorging. „Du Mistkerl!" stöhnte ich, „weißt du eigentlich, was du da tust?"

„Ich hoffe doch!" grinste Markus und schenkte mir dann wieder keinerlei Beachtung. Unruhig rutschte ich hin und her.

„Ist ja gut!" sagte Markus, und dann fühlte ich seine Hände endlich da, wo ich sie haben wollte: in meiner feuchten Spalte. Ich bog meinen Körper seinen Händen entgegen, und er streichelte und massierte, bis ich meinte, fast platzen zu müssen. Der Puls rauschte laut in meinen Ohren, es existierten nur noch meine Lust und Markus´ Hände.

Oh, und er wußte genau, wie er mich reizte und dem Höhepunkt entgegentrieb. Ich stand kurz davor, meine Erlösung zu finden, aber Markus kannte mich zu gut, und gerade, als ich dachte, ich könnte mich entladen, entzog er mir seine Hand. Empört schrie ich auf. Da packte er meinen Arm und legte mich über seine Oberschenkel. „Das ist dafür, daß ich nicht in Ruhe fernsehen kann!" sagte er heftig, und dann klatschte seine Hand hart auf mein Hinterteil. Einmal. Noch einmal. Ich wehrte mich, aber er hielt mich fest und gab mir weitere Schläge auf meinen Po, der inzwischen brannte und sicherlich knallrot war.

„Und jetzt auf die Knie mit dir!" befahl er mir, und stöhnend fiel ich vor ihm auf die Knie. Er drehte meinen Körper, so daß ich mich dem Rücken zu ihm auf allen Vieren kniete und umfaßte meine glühenden Pobacken mit festem Griff, hob meinen Hintern hoch und zwang mich auf diese Wiese, mich auf meinen Unterarmen abzustützen, wollte ich nicht kopfüber auf den Boden fallen. Meine gespreizte und nasse Spalte bot sich ihm dar, und er zögerte nicht lange. Eine rasche Bewegung, und dann hörte ich Stoff rascheln. Tief stieß er in mich hinein, hart und rücksichtslos, und meine Erregung erreichte ungeahnte Höhen.

Ich verlor die Kontrolle über meinen Körper, ich wand mich, bog mich ihm entgegen. Tiefer und noch härter stieß er, rein und raus und rein und raus. Ein Zug an meinem Halsband, und ich mußte meinen Kopf in den Nacken werfen. Er ritt mich, eine Hand auf meinem Nacken, die andere um meine rechte Brust gelegt. Er kniff mich kräftig in die Brustwarze, und in diesem Moment kam ich. Ich schrie laut auf, mein Körper zuckte rhythmisch. Markus stieß noch einmal kräftig zu, und dann kam auch er, verströmte sich in mich und sank dann erschöpft auf mich nieder. Wir keuchten beide, während sich die Protagonisten des Filmes stritten, um sich kurz darauf leidenschaftlich in den Armen zu liegen.

VIII. Die Küchensklavin

„Zeit, den Küchenboden mal ordentlich zu bohnern!" teilte mir Markus mit.

Auch das noch! Ich haßte es, den Boden zu wischen. Wenn ich wenigstens den Wischmop benutzen dürfte, aber wie ich Markus kannte... und da sagte er es auch schon: „Im Bad stehen Eimer und Wischlappen. Ich möchte, daß du während der Arbeit deinen neuen Schamlippenspreizer trägst und sonst nichts."

Oh, das klang ja mal interessant. Aber trotzdem: Boden wischen war nicht mein Ding. Seufzend begab ich mich ins Bad, entkleidete mich und zog dann den Schamlippenspreizer an, den ich beim Fernsehabend eingeweiht hatte.

Als ich, mit Eimer und Wischtuch bewaffnet, die Küche betrat, saß Markus bequem auf unserer Küchenbank und trank einen Kaffee. Seine Augen folgten mir, während ich Wasser und Spülmittel in den Eimer laufen ließ. Bei jedem Schritt verspürte ich einen leichten Zug an der jeweiligen Schamlippe, und unversehens begann es, in meiner Klit zu kribbeln. Ich stellte den Eimer auf den Boden und versenkte den Lappen im schaumigen Wasser. Dann begann ich, ausgehend von der Badezimmertür, den Boden zu wienern. Ich war mir genau Markus' Blicke bewußt. Provozierend streckte ich ihm meinen Hintern entgegen, wohl wissend, wie ihn dieser Anblick erregen würde. Und auch meine Erregung stieg, daran konnten auch das Herumrutschen auf den Knien und das Putzwasser nichts ändern.

Ich hörte, wie die Kaffeetasse mit einem leisen Klirren auf die Untertasse gestellt wurde. Dann seine Schritte, die sich mir von hinten näherten.

„Ich glaube, an deiner Montur fehlt noch etwas", sagte Markus mit rauher Stimme, und ich fühlte, wie er etwas in mein Halsband einhakte. Ein leichtes Gewicht wie von einer Kette legte sich über meinen Rücken und bis hinunter zu meinem Steiß, und dann führte Markus etwas in meinen Anus ein und entfernte sich wieder von mir. Die nächste Bewegung, die ich tat, offenbarte mir, daß es sich anscheinend um eine Art Haken handeln mußte, der mit der Kette und dem Halsband verbunden war. Ich spürte einen Zug an meiner Rosette, als ich mich bewegte, mein Anus wurde etwas gedehnt. Ein merkwürdiges Gefühl, und ich wußte noch nicht, ob es mir gefiel. Ich fühlte mich damit so– entblößt. Nicht nur, daß meine Scham vollständig frei und Markus´ Blicken ausgeliefert war, nun hatte ich auch noch dieses Ding im Anus, das diesen bei jeder kleinen Bewegung dehnte und öffnete. Nicht unangenehm, aber auf jeden Fall gewöhnungsbedürftig. Und doch– es erregte mich auf eine Weise, die ich nicht ganz nachvollziehen konnte. Und so wischte ich den Boden und wurde von Minute zu Minute unkonzentrierter.

Aus den Augenwinkeln warf ich Markus einen Blick zu. Er hatte einen nahezu verzückten Ausdruck auf dem Gesicht. Ihm gefiel, was er sah, und ich kam nicht umhin, zu registrieren, daß er sich etwas breitbeinig hingesetzt hatte, damit die Beule in seiner Jeans genug Platz fand, und daß auch der Kaffee unbeachtet auf dem Tisch stand und langsam erkaltete. Dieser Anblick erregte mich noch mehr, und nun hatte ich wirklich Mühe, mich meiner Arbeit zu widmen.

Der Fußboden war etwa zur Hälfte fertig gewischt, als Markus mir Einhalt gebot und mich zu sich rief. Ich stand auf und merkte, daß sich der Druck des Hakens in meinem Anus lockerte. Während ich langsam auf ihn zuging, entledigte sich Markus seiner Hose und saß dann in seiner ganzen harten Pracht vor mir auf der Küchenbank. Mit einer Handbewegung bedeutete er mir, mich rittlings auf ihn zu setzen. Seine Eichel berührte meine entblößte Klit, und ein elektrischer Schlag schoß von meiner Scham hinauf in meinen Bauch und verteilte sich als Prickeln in meinem ganzen Körper. Sanft rieb er seinen Penis in meiner Spalte, dann wurde das Reiben kräftiger. Mit beiden Händen umfaßte er meinen Po und bewegte mich auf sich. Auf und ab und auf und ab, immer kräftiger, während wir beide begannen, zu schwitzen. Mein Herzschlag raste. Und dann plötzlich ließ er mich auf seinen Penis fallen und drang ohne Vorwarnung tief in mich ein. Ich schrie auf vor Überraschung ebenso wie vor Lust, aber da war er bereits wieder aus mir heraus und schob mich unsanft von sich.

„Putz weiter!" befahl er mir.

Mit zitternden Händen und weichen Knien ging ich zum Putzeimer zurück. Als ich mich kniete, spürte ich wieder dieses Ziehen in meinem Anus. Markus trat von hinten an mich heran und verstellte etwas an der Kette. Der Zug des Hakens verstärkte sich, mein Anus wurde geweitet. Und dann fühlte ich Markus´ Finger neben dem Haken in mich eindringen. Überrascht schrie ich leise auf. Er bewegte sich leicht in mir, tastend, dann zog er sich zurück. Ich fühlte, wie er meine Rosette einrieb, sie massierte. Öl? Und wieder drang sein Finger in mich ein, und dann ein zweiter, während er mit der anderen Hand meine Klit rieb, die inzwischen heftig pochte und nach mehr verlangte.

„Wisch weiter!" flüsterte er mir ins Ohr, und gequält stöhnte ich auf und versuchte, den Wischlappen, das Wasser und mich selbst zu koordinieren. Vergeblich. Ich fabrizierte eine große Pfütze auf dem Boden, und beinahe wäre der Eimer umgekippt.

„So kommst du also deinen Pflichten nach!" tadelte mich Markus. „Ich muß dich leider bestrafen."

Er griff auf den Tisch und machte sich dann an meinem Schamlippenspreizer und den Strümpfen zu schaffen.

„Po hoch!" befahl er mir.

Ich fühlte einen weiteren Clip an jeder Schamlippe. Als Markus fertig war, wollte ich mich wieder in eine bequemere Position begeben, schrie aber vor Schmerz leise auf. Es hatte mich ganz massiv in die Schamlippe gezwickt! Erbost sah ich Markus an, der mir freudestrahlend mitteilte, daß ich mit hoch erhobenem Hintern zu wischen hätte, da ich sonst jedes Mal, wenn ich mich zu bequem hinsetze, dieses starke Zwicken verspüren würde. Ich konnte nur ahnen, was er mir da angetan hatte: statt eines Bändchens hatte er diesmal einen stabilen Stab benutzt, der jedesmal, wenn ich meinen Po zu sehr hinabsenkte, in meine Schamlippen stach.

Schmerz und Lust tobten in mir, während ich versuchte, mich zu fassen. Ich griff nach dem Wischtuch und versuchte, die von mir verursachte Wasserlache aufzuwischen. Immer wieder jedoch vertat ich mich in meinen Bewegungen, und nicht nur der Druck in meinem Anus wurde stärker, auch das Zwicken an meinen Schamlippen erinnerte mich daran, wie ich mich zu verhalten hatte.

Halbherzig wischte ich weiter, immer darauf bedacht, mich vorsichtig zu bewegen. Wieder Markus hinter mir, der mit seinen Fingern durch meine feuchte Spalte glitt und mich damit fast zum Wahnsinn trieb. Er kniete hinter mir, ich spürte seinen Penis an meiner Scheide, und dann war er wieder in mir drin. Er bewegte sich langsam und reizte mich damit unsäglich. „Weiterwischen!" flüsterte er erneut in mein Ohr, während er sich aus mir zurückzog. Inzwischen wußte ich gar nicht mehr, wie mir geschah und handhabte den Wischlappen und das Wasser fahrig und unachtsam. Dennoch schaffte ich es irgendwie, den Küchenboden fertig zu wischen, ohne noch eine weitere große Überschwemmung anzurichten. In meiner unbequemen Stellung hocken bleibend, sah ich Markus an, der mir anerkennend zulächelte.

„Gut gemacht" sagte er, und dann entfernte er die vermaledeiten Stäbchen von meinen Schamlippen und den Haken aus meinem Anus , so daß ich mich wieder vernünftig bewegen konnte. Ich streckte mich erleichtert.

Markus führte mich an der Kette zur Küchenbank und wies mich an, mich wieder rittlings auf ihn zu setzen. Tief drang er in mich ein, und wie zuvor umfaßte er meine Pobacke mit seinen Händen und bewegte meinen Körper in seinem Rhythmus auf und ab. Meine Erregung steigerte sich, und Wärme breitete sich in meinem Körper aus. Ich prickelte. Markus ließ mich auf sich sinken. Ich spürte ihn tief und hart in mir. Dann spreizte er meine Pobacken und führte etwas in meinen Po ein.

„Als kleine Rache!" stieß er hervor und versenkte einen Dildo tief in meinem Anus. Er hob mich wieder an, so daß sein Penis fast aus mir hinausglitt, und dann wieder auf und ab und raus und rein– und der Dildo bewegte sich im gleichen Rhythmus in mir. Ich wurde also gleich doppelt gevögelt, und ich mußte sagen, daß es mir gefiel.

Erregung schoß durch mich hindurch, türmte sich auf. Ich spürte, daß mein Höhepunkt nahe war– da entzog sich Markus mir.

„Blas mir einen!" keuchte er, und ich glitt von seinem Schoß und kniete mich vor ihn, nahm ihn in meinen Mund, spielte so sanft mit seiner Eichel, wie es mir in meinem erregten

Zustand möglich war, und dann umfaßte ich ihn kräftiger und gab richtig Gas.

Er stöhnte, ich fühlte, wie er noch steifer wurde, falls das überhaupt möglich war, und dann zuckte er und ergoß sich in meinen Mund und ich schluckte seinen Saft.

Wankend kam ich auf die Beine. Alles in mir schrie nach meinem eigenen Höhepunkt. Aber Markus dachte gar nicht daran, mich zu erlösen. Er griff nach der Kette, die immer noch an meinem Halsband befestigt war, und hakte sie mit Hilfe eines Karabiners an der Küchenbank fest. Dann griff er nach den Handschellen und legte sie mir an. Nur diesmal mit dem Unterschied, daß sich eine Stange zwischen ihnen befand, so daß ich noch weniger Bewegungsfreiheit hatte als letztes Mal. Damit hatte er es mir unmöglich gemacht, mich selbst zum Höhepunkt zu bringen.

Mit brennenden Augen sah ich ihn an, als er aufstand und pfeifend im Bad verschwand. Kurz darauf hörte ich das Wasser in der Dusche. Erschöpft, unbefriedigt und mit einem zehrenden Verlangen in mir sank ich auf die Küchenbank.

Der Dildo machte es mir unmöglich, längere Zeit auf der Bank zu sitzen, und so stand ich auf und wartete darauf, daß Markus aus dem Bad kam. Frisch geduscht, mit nassen Haaren und nur einem Shorts bekleidet, kam er wieder in die Küche. Ich funkelte ihn wütend an.

„Schatz, was ist los?" alberte er, und ich fauchte ihn gereizt an. „Ach so, verstehe." Er grinste. „Bist wohl nicht auf deine Kosten gekommen?"

Ich knurrte. Er lachte, und dann stellte er einen Vibrator mitten auf den Küchentisch, der dank seines Saugfußes aufgerichtet stehen blieb. Er stellte ihn an, und das Ding begann, brummend zu vibrieren.

„Besorg es dir!" forderte Markus mich auf.

Mein Blick klebte an dem Vibrator. Wie hatte er sich denn das vorgestellt? Ich würde auf den Küchentisch klettern müssen und auf allen Vieren versuchen müssen, den Vibrator an die richtigen Stellen zu bugsieren. Ich könnte wetten, daß Markus seinen Spaß dabei haben würde. Mistkerl!

„Keine Lust?" neckte mich Markus und näherte sich mir. Er faßte mir zwischen die Beine und betrachtete dann seine Finger prüfend, die feucht glänzten.

„Erzähl mir nicht, daß du keine Lust hast!" ärgerte er mich und massierte meine Klit, woraufhin sich natürlich wieder heiße Erregung in mir ausbreitete.

„Na los, rauf auf den Tisch!" wies Markus mich an, und ich begann, auf den Tisch zu klettern. Es gestaltete sich nicht einfach, immerhin konnte ich meine Hände nicht richtig nutzen, aber schließlich befand ich mich auf allen Vieren auf dem Tisch und direkt über dem Vibrator, der auffordernd brummte. Markus stand mit verschränkten Armen an die Wand gelehnt und beobachtete mich lächelnd und gespannt. Ich sah, daß sich seine Shorts bereits jetzt wieder ausbeulten. Vielleicht würde er ja einspringen und mir helfen? Statt eines Vibrators seinen harten Penis, das wäre mir viel lieber gewesen. Er jedoch machte keinerlei Anstalten, seinen Beobachtungsposten zu verlassen, woraufhin ich mein Becken absenkte, damit der Vibrator meine pulsierende Klitoris berührte.

Es durchfuhr mich. Ja! Ich rieb mich an dem Vibrator, senkte mich auf ihn, damit er mich ausfüllte, und führte ihn dann wieder durch meine Spalte, so daß meine geschwollene Knospe gereizt wurde. In mir braute sich ein Höhepunkt zusammen. Meine Arme und Beine schmerzten von der unbequemen Position, aber gleich war ich soweit. Ich hatte die Augen geschlossen und den Kopf in den Nacken geworfen.

Noch ein, zwei Bewegungen, dann wäre ich soweit. Plötzlich war der Vibrator weg.

Erschrocken riß ich die Augen auf. Markus zeigte mir den Vibrator und schaltete ihn grinsend aus. Nahm ihn mir weg. Ich schrie auf vor Frust und Hilflosigkeit. Das konnte er doch nicht tun! Nicht noch einmal! Das war ja die reinste Folter! Völlig erledigt sank ich in mich zusammen und blieb einfach auf dem Tisch liegen. Markus trat zu mir an den Tisch und entfernte den Dildo aus meinem Po. Inzwischen hatte ich mich derart an das Ding in meinem Hintern gewöhnt gehabt, daß er eine unerwartete Leere hinterließ.

Ich fühlte, wie mein ganzer Körper pulsierte. Süße Qual, so unbefriedigt kurz vorm Höhepunkt zurückgelassen zu werden. Es schmerzte fast körperlich. In dem Mistkerl steckte ja ein richtiger Sadist!

„Dreh dich auf den Rücken!" forderte Markus mich auf, und resigniert legte ich mich auf den Rücken und fühlte wie er die Stange zwischen meinen Händen irgendwo außerhalb meines Blickfeldes hinter meinem Kopf befestigte. Dann spreizte er meine Beine und fesselte meine Füße auf irgendeine Weise am Tisch. Hilflos gebunden lag ich da, und in mir stieg Hoffnung auf, daß er mich doch noch zur Erlösung kommen lassen würde.

Der Vibrator begann zu brummen, und dann fühlte ich, wie Markus begann, meine Klitoris mit ihm zu reizen und zu stimulieren. Heiß schoß es durch mich hindurch, meine Erregung baute sich in Rekordzeit auf. Ich keuchte, begann zu zucken– und der Vibrator verschwand. Vor Enttäuschung schrie ich auf.

„Markus, ich ertrage das nicht mehr lange!"

Wieder begann er, mich mit dem Vibrator zu bearbeiten. Ich zuckte, stöhnte, und dann kam ich mit einem gewaltigen

Schrei. Ich war erlöst. Nur am Rande bekam ich mit, wie Markus meine Fesseln und die Handschellen löste, ich war zu benommen, um noch irgendwie klar denken zu können.

„Und das war erst der Anfang, mein Liebling!" hauchte er mir ins Ohr. Es war ein höllisches Versprechen.